ちくま文庫

年をとったら驚いた!

嵐山光三郎

筑摩書房

目次

年をとったら驚いた！

序章――なぜ、年をとったら驚いたのか

年をとる、という行為は、年という真珠の玉を手に入れることです。誕生日がくるたびに、宝物ひとつをとる。小学生のときはお年玉を手に入れ、高校の夏休みには鉱山で水晶を発掘し、夜空に浮いている星をつまんで食べちゃった。ココロザシ高き少年探偵団ならば怪人二十面相の大金庫より金塊をとる。賢い少年探偵団ではなく、中産階級の家に生まれた平均的ボンクラで、「月見草のような涼やかな娘」にあこがれた。たわわに実る隣家の柿の実をとり、葡萄園の葡萄をもぎとり、年に一度は出前で握り寿司をとって食う。とれるものはなんでもとってきた。

小学生はみんな年をとるのが大好きで、一年生になれば二年生にあこがれ、六年生になれば早く中学生になりたいと思った。しかし、その一年間はとてつもなく長く感

じられた。中学三年生までがギム教育で、ギムとして学習させられることは大の苦手なのに、やってみるとヒリヒリする快感があり、恥ずかしながら生涯でもっとも書物に耽溺したのは中学生時代であった。本を読んだら頭がよくなるわけではなく、もとより先天性アンポンタン症だったので、読書による妄想によって自我が豆のツルのようにヒョロヒョロとのびていった。早く高校生になりたかった。

年をとると、背は伸びるし、人間関係の知識もふえるし、世間という化け物がうすぼんやりと見えてくる。エロ写真を見たのは中学一年のときだった。近所に住む同級生のラシコウが、母親のタンスの奥にあったという七枚一組のゴム紐でとめたエロ写真を持ってきた。わーいやらしい。人間はこんなことをするのか、夫婦は子どもに秘密でこんな行為をしているのかよ。ヱヱッ、恥ずかしい。ゴキブリよりも劣る、こんな気持ちの悪い写真は捨てちまおうよ、まてまて、捨てる前にもう一度だけ見よう。ケッ、やだやだ、エロですよ、だけど俺もやってみたいな、と思った。この世に男女交合というイヤラシイ行為があると知ってからは、生きるヨロコビがわいてきた。

ラシコウの写真を学校に持っていくと、スギくんがもっとワイセツな十二枚組エロ写真を持ってきた。写真に見えたがじつは細密画で、美貌の人妻が猿男みたいなジイさんに縛られて土間に転がされていた。なんだこりゃあ、性犯罪じゃないか、許せませんよ、変態だあ、人でなしめ、ダ、ダ、ダンじてまねしてみたいと興奮した。秀才のスギくんは「こういうことをするために男女は結婚するのです」と教えてくれたから、早く実行したいと思ったが、チンボコの上に毛が生えてきたときで、まさかこんなところに毛が生えるのかと驚いた。なんのことはない、中学一年のときにすでに「年をとって驚いた」のです。

高校生になって「ワタクシはエラくなった」と感じた。なぜエラいのかはわからぬが、後輩の中学生が挨拶するので、エラくなった気がした。私が通学していたのは東京郊外の国立市にある私立の男子中高一貫校だったから、入学試験を受けずに、中学生から高校生に進級した。そうこうするうち高校生としての自覚のようなものがめばえ、無学な後輩たちに手本を示さなければならぬ、とジハツ的に行動した。手本になるためには①勉強をしないのに成績優秀、②心身の錬磨、③寛大な精神、④女子高生ナンパ、⑤自我の克服、⑥英会話上達、⑦生徒会活動、などが求められた。春と秋に英数国の実力テストが行われ、上位五十名の名が廊下に張り出された。

体操が盛んで優秀な生徒は高校国体に出たし、心身ともに訓練された模範生徒は人望があり、英語が上達した生徒はアメリカ人娘と文通して写真を送って貰って見せてくれた。それが無理な人は生徒会の役員となって男をあげようとした。生徒会長は全校生徒の投票によってきめられた。

女子高生ナンパ組は、一見清純早熟系女子高生と不純異性行為にふけり、不登校となって、五人ほどが退学となったが、性愛に殉教した姿は長くたたえられた。

私はそれらのいずれにも属さぬアンポンタン無党派層で、冒険活劇本に耽溺して教科書の学習を怠り、自家撞着の泥海を漂流して一浪して大学に入学した。このあたりまでの記憶は思い出したくないが、アリアリと頭のすみの記憶に残っている。なぜ二浪の道を選ばなかったかは、二年遅れのギャップを恐れたからであった。

還暦をすぎてからは二年間のハンディなんてものはまるで考えない。ゴール近くはゆっくりと流れるが、スタートは一年間の差が大きい。

大学でも一年と二年の差は大きく、とくに応援団諸君は一年生はドレイでボロクズのように扱われ、二年生になると召し使いとなってやや昇格する三下《さんした》野郎で、性格がゆがんだ三年生は四年生にへイコラしつつ下級生をいびる術を覚える。それが四年生になるとバカな順に威張りちらす下士官風情と化し、四年生で威張りたいために三年生まで耐えたのである。応援団長になってウッスウッスと団員に頭を下げられて卒業して会社に就職すると、ふたたびドレイ以下の格下となってこき使われてそのうちクビになる。かわいそうに。わずか四年間で階級プレイをした見返りは、フツウの学生生活をしてきた者に比して、使いものにならない。

しかし私がここでいいたいのは、大学応援団のヒエラルヒーがいかに愚鈍であるかを証するのではなく、一年間の差が位階となる時期が二十歳前後という状況である。

自意識が覚めた第一期は十歳〜二十五歳で、就職してしばらくたつと、会社の仕組みにがんじがらめになる。理屈は通じない。努力は評価されず、デッチあげの嘘で足をひっぱられ、理不尽な言いがかり、驕る上司による罵倒、お世辞と皮肉、忠告と説教、恩と仇、親しいはずの友人がじつは天敵、などの不運に襲われた。

入社して二、三年で評価される社員はそのほとんどが失脚し、最後に残るのは目立たず、コツコツと実績をあげ、聞き上手の努力家である。会社で敵をつくらずのしあがる能力は、じつのところ、並の力ではなく、運の波に乗る精密な計画性が求められ、それも一年ごとの周波で変更されていく。

二十六歳から五十歳までの二十五年間は、ムガムチューのうちに終わってしまう。

昔の人は「人生僅《わず》か五十年」であった。人生が五十年で終わってしまえば、「灰それまでよーッ」と幕が下りて隠居してあれこれ考えなくてよかった。しかしいつまでも江戸時代ではないから寿命がのびてしまって、さあ大変となった。

五十歳というのは、なってみるとぜんぜん老人ではなく、体力はあるし、アイデアはジャラジャラわくし、能力が増して、金銭が入ってくるし、身をもてあますほどの力があった。それはなってみればわかる。また、女性が輝くのは五十歳からで、ことに六十代以上の男性にとっては、まばゆいばかりの宝の山である。女性の絶頂期は五十歳代といっても過言ではなく、ようするになにをやってもいいのです。老齢の好色は生命の賛歌で、けっこうなことです。

新入社員のころ先輩に「お若いですなあ」といわれた。それはほめ言葉ではなく「オバカですなあ」という意味であると、あとで知った。「若い」ということを価値としたがるのは能力の低い政治家に多く、「若い力で改革を!」なんてスローガンを選挙ポスターに書くのは「わたしはバカです」と白状しているようなものだ。

卒業するとき、ノートに「これからやりたいこと」を百項目書き出してみた。大学はトーゼンながら学問をするところではなく、だってわずか四年間でなにを学ぶんですか。ではなにをするところか、と考えると、これから自分がやりたいことをさがす時間だ、と気がついた。

同級生の半数は、国語の教師になった。私も教職課程の授業をうけていたが、教師になる気などはまるでなかったのであっさりとやめてしまった。で、出版社に就職しようと思いたち、それらしき勉強をはじめたが、それらしき学問というものはなく、

とりあえず、やってみたいことを夢想して列記してみた。思いだしますと、

①ペリカンの万年筆を手に入れる。②レイバンのサングラスをかける。③髪の毛を短くして、さっぱりした男になる。④なじみのバーを一軒もって、つけで飲める身分となる。⑤寿司屋と親しくなり、カウンターに坐っただけで好みのネタが出る。⑥六本木に住む。⑦檀一雄先生と旅をする。⑧深沢七郎オヤカタの子分になる。⑨バイク乗りになる。⑩カンナ咲く海辺の家に住む。⑪そのあとは赤坂八丁目に住む。⑫ニューヨークのジャズ・クラブでバーボンウィスキーを飲む。⑬イスタンブールのボスポラス海峡を船で渡る。⑭アマゾン川のジャングルを探険し、⑮タンザニアへ行き、キリマンジャロのふもとで昼寝する。⑯金のかかる愛人を連れてマドリッド豪遊。⑰純情な娘をかどわかしてパリへ逃げる。⑱ラディカルな友人を連れてネパールへ行き、アンナ・プルナを眺望する。⑲セクシーな女と北極をめざす。⑳アンポンタンは手術せず薬で散らす。㉑テレビ番組に出る。㉒権威にさからって格闘する。㉓上海の魔界を彷徨す。㉔古本収集。㉕本を一冊書く。㉖古典文学研究。㉗ローカル線を乗りついで日本一周。㉘自転車で「おくのほそ道」を踏破する。㉙サハラ砂漠縦断、㉚ダイビングで南の海へもぐり、㉛自宅の玄関前に桜の樹を植え、㉜秘密の山小屋にはシャクナゲの樹。㉝東映やくざ映画（横尾忠則画）のポスターを買い、㉞後楽園球場で長嶋

のホームランを見る。㉟蔵前国技館で横綱北の富士の土俵入りを拝し、㊱両国のチャンコ料理屋で腹いっぱい食い、㊲新宿ゴールデン街の常連となる。㊳トカラ列島を船で旅し、㊴東映撮影所で高倉健さんのサインを貰い、㊵雪の釧路で「謎の人妻」と再会し、㊶金沢の浅野川ぞいの主計《かずえ》町《まち》の通人となり、㊷泉鏡花の魔界にもぐりこみ、㊸明治の浮世絵に淫し、㊹沖釣りに挑戦してヒラマサを釣り、㊺偏屈が身上で、㊻日々旅をすみかとして野宿することをいとわず、㊼冬季オリンピックへ行ってモンブランをスキーで滑降し、㊽雨ニモ負ケズ風ニモ負ケズ、㊾メコン川をさかのぼって大ナマズを釣り、㊿ナイル川で泳ぎ、51泣き虫を克服して強い男になり、52貧乏に耐えて、53雨ニモ負ケテ、雪ニモ負ケテ、いつもニコニコ笑っていた。つづきましては、54下駄ばき生活、55いかなる場所でも眠る体力を持ち、56進歩的文化人とつきあわず、57体育会系バカとも連係せず、58俳句の修業、59芭蕉の研究をする。60梅見の会を忘れず、61月見の会も忘れず、62競輪のギャンブルに狂い、63ポルノと春本と吉田兼好を好み、64捕物帖に詳しく、65東京の名称を覚え、66学識をひけらかさない。67古代軍学に通じ、68縄とびを修練し、69モチロン「天動説」、70澁澤龍彦氏とバグダッドを旅したいと念じ、71孫悟空のパフォーマンス、72空飛ぶ円盤を信じ、73鹿児島でトンコツラーメンをすすり、74大阪でタコ焼きを食い、75阪神タイガースを応援し、

⑯負けて生きるガマン術を身につけ、などなどであとは略することにする。⑰ニューオーリンズのバーボンストリートの古いホテルでデキシージャズを聴く、などなどであとは略することにする。

これらは思いつくままに書きとめた具体的な目標であったが、現実はきびしく、結婚して東京のはずれにある東久留米市滝山団地に住み、西武バスに揺られて西武線・花小金井駅から一時間かけて会社に通勤した。月刊雑誌編集長になって、ヤヤッ、やっと運がめぐってきたか、よーし、ガツーンといこうじゃないの、と思ったのもつかのま、二年後に会社の経営が悪化して希望退職に応じて、会社をやめてしまった。

涙ボロボロで、さあこれからどうしようと路頭に迷い、五反田近くの長原の木造スーパーの二階に青人社という出版社をつくった。

このころの話は『昭和出版残侠伝』（ちくま文庫）に書いた。やけのやんぱちとなってひらきなおったときに、新しい友人たちと出会った。四十歳からの新しい友人がいまなおつづいている。退職したことが新たな出発となったのだった。

嵐山光三郎という筆名は二十三歳から三十六歳まで使っていて、会社在職中に単行本も刊行したのだが、「嵐山を捨てるか、編集長を捨てるか」と、泉鏡花『湯島の境内』みたいに会社から迫られ、「嵐山を捨てます」と答えて断筆した。私にとって嵐山光三郎とは妾《おんな》のような存在だった。で、体内に下宿する嵐山という妾にむかって、

「俺と別れてくれ」というと、嵐山という妾は「切れるの別れるのって、そんなことは芸者のときにいうものよ。私にゃ死ねといって下さいましな」と泣くので、弱りましたよ、どうも。

　このとき、私の本体は嵐山を捨てて、糸井重里氏に頼んで「嵐山はアフリカで象に踏まれて死にました」と言いふらして貰った。それで編集長という仕事に専念したのだが、退職して自前の会社を作ったときは、嵐山光三郎という妾でないと世間に通じないので、小林旭の歌謡曲にあやかって、「昔の名前で出ています」宣言をした。象に踏まれて死んだはずの嵐山が、九死に一生を得て生き返ったという話はいかにも嘘くさくて信用度に欠け、ジジイはいまなお漂流しつづけるのである。

　象に踏まれて死んだ嵐山がふたたび雑誌編集屋としてお座敷に戻ったときは、けっこう年をとった。新しい座敷で化粧を濃くしてドンチャン騒ぎをしているうちに、新雑誌宣伝のつもりもあってタモリの番組の編集長役で出演することになり、あっというまに世間に顔が知れ渡った。

　テレビで顔を知られると、雑誌に広告ページが入るようになり、近所の肉屋がコロッケを一つおまけしてくれたりして、最初のうちはいい気分になった。ミルミル世間の応対が変って、学校を卒業したときに書き出した百項目は五十歳にしてすべてなしとげてしまった。なんのことはない、年をとったら、驚くことばかりだった。

もとより年をとることにヨロコビを感じる性分だったので、年をとる御利益がわかった。それで、七十歳になるまでにやりたいことの百項目を書き出してみた。現実的な望み（例えば神楽坂隠棲、金沢ぶらり旅、ローカル線温泉旅、下り坂繁盛記、など）を書いたのは、それができるという確信があったからだが、七十歳でも現役で生きているという希望が含まれていた。

「酒とバラの日々」（じつは「焼酎とペンペン草の日々」）みたいな生活が始まり、私だけでなく仲のいい友人がみんな化けていった。奇跡がおこった気がした。頭にあったのは「みんなそろってオバケになろう」という一念であったけれど、その実態は苛酷な労働だった。やってみると、刑罰を受けるように働くことになり、それが快感となり、ある日トツゼン血を吐いた。

最初の吐血は四十六歳のときで、大量吐血により失神して、気がついたときは救急病院のベッドの上にいた。つぎに吐血したらカクジツに死にますよ、と警告されて退院したが、そのうち忘れてしまった。そのころ書いた『「不良中年」は楽しい』が準ベストセラーになり、親しい不良中年仲間と新宿高層ビルの屋上ラウンジで飲んでいるシーンを雑誌「クロワッサン」が撮影し、そのあと座談会というときに吐血した。

これが五十六歳。

そのままホテルのスイートルームで眠っているうちに主治医のドクトル庭瀬が特効薬を持って駆けつけてくれた。不良中年の友人たちはドクトル庭瀬がくるまで、スイートルームの応接間でワインを飲んで歓談し、私の様子を見守ってくれた。三時間眠って、特効薬を呑み、ベッドに寝たまま座談会に参加し、深夜にタクシーで自宅へ帰るという離れ技をした。吐血した量は洗面器一杯ほどであった。

私は慢心していた。すぐ慢心するタイプなのだ。ドクトル庭瀬は、嵐山の体力の強さを熟知していたので、タクシーで帰宅して、特効薬を呑んで五日間静養すれば入院する必要はないという。その十年後にドクトル庭瀬は、スキルス性ガンで急死してしまった。

わが温泉耽溺がはじまったのは二回めの吐血後である。享楽的な豪華温泉ホテルではなく、山奥にあるすけた宿の湯治場めぐりがはじまり、これが週刊誌で数年間連載されて単行本になった。湯治が週刊誌連載になるとは転んでもそれを自慢する私の性分であるが、じつのところは友人のM編集長の配慮で、こうなった。すべて友人のおかげで、ドクトル庭瀬といい、仁義あつき友人に助けられ、七十歳になったとき、第二次までの百項目はすべてなしとげてしまった。

六十歳になったとき、ギョーカイの先輩に会うとき聞いたことは、

「いくつになったときに体力が劣えたと思うか。セックスは何歳で劣えるか」

ということだった。

山登りの得意なデザイナー、山の湯めぐりを好むギリシア文学者、武道の達人、ロッククライミングをするホテルオーナー、好色家の映画監督、釣りの達人、沖縄に住むカメラマン、長寿のジャズミュージシャン、落語名人、テレビ製作会社プロデューサー、定年退職した編集者、画廊主人、医師、作家、料理人など五十人に聞くと、ほとんどの人が、

「六十五歳……」

と答えた。

心身ともにガックリとくるガックリ一期が六十五歳なのである。六十歳になったとき、友人たちが還暦パーティーを開いてくれた。私をビックリさせようとして、赤坂七丁目の小ホテルを秘密で予約して七十人ぐらいが集まった。なんにも知らず、助手のI嬢の案内で会場へ到着すると、中村誠一氏が入り口でサックスを演奏してくれて、多勢の友人がいるので仰天した。

アラマア、と動転しつつ腰がぬけて、なにがなんだかわからぬまま大酒を飲み、ま

さか自分がこれほど祝福される存在なのだろうかと疑いつつ嬉しかった。そのときの記念写真を見るとすでに二十名が鬼籍に入っている。

人の世の愉しみは饗宴と祝祭であって、それぞれの記念写真を見るたびに、他界した人が何人かいることに気がつく。最初はお正月に撮影した家族の記念写真である。つぎは小学校、中学校、高校、の卒業記念写真で、何人かが没している。会社の社員旅行、友人たちとの団体旅行、親戚の結婚式の写真を見ても、故人となった人が笑っている。スマホに登録した電話番号はすでに三十五人が没したが、消すことができずにいる。

七十歳で足にガタがきた。ガックリ二期。旅に出ても歩き廻ることが面倒になった。ムリに歩くと腰が痛くなり、すぐ坐りたくなった。芭蕉さんの『おくのほそ道』を自転車で走ると、ふくらはぎが張って固くなり、尻が猿みたいに赤くなった。七十代まではギアチェンジして少々の坂は登れたのに、それが出きなくなった。

視力が落ちた。辞書の活字は虫眼鏡を使わないと読めない。夜は眼がかすんで、文庫本を読めなくなった。漢字を忘れるから電子辞書を片ときも放せない。

聴力が落ちた。高校の同級生で三十万円の補聴器を使っている人が「おまえも使え」とすすめてくれた。ためしに補聴器を耳に入れると、ザーザーガリガリという騒音がして、すぐにはずした。耳の中を暴走族のバイクが走り廻っていくようだった。

虫歯になって歯科医に通って、入れ歯を作ったが、一回も使うことがなく、どこかへなくしてしまった。いまも欠けた歯を治療中で新しい入れ歯ができることになっているが、ことの成りゆきで、さらに別の入れ歯を作ることになる。

年をとると、カラダのそこらじゅうにガタがくる。肩はこるし、腰は痛むし、一度坐ると立ちあがることも面倒になる。手や指が腱鞘炎で痛くなる。石川啄木をまねして「じっと手を見る」と皺だらけである。啄木は、働けど働けど楽な生活にはなれずに、「じっと手を見た」が、若い人の手は細くしなやかで、すべすべとして皺は少ない。私だって二十代のころの手はしなやかだったと思い出しながら、ひからびたゴボウみたいな指を見て、耳の穴をほじくるのである。

高校の同級生が集まると、みんな年をとっている。白髪になった人はいいが、大半がまだらハゲである。頭髪が雪どけで泥がまぶされたタンボの畦みたいになる。羽抜鳥オヤジがゾンビのように同窓会場をしょぼしょぼと歩きまわるのはホラー劇場だ。羽抜鳥が興奮して奇声をあげて「青春だあ」と騒ぎ、壇上にあがってはばたき、うろつく。

六十代の高校同窓会のときは病気が話の中心だったが、七十代になると話題は葬式とお墓になる。ああ、やだやだ。こんなジジイどもと一緒にされたくない、とヘキエキしつつ記念写真を撮る。あとで送られてきた写真を見ると自分が一番年老いているのだった。他人のまだらハゲや皺だらけの頬や貧相な目尻はわかるのに、自分の姿は見えない。こういった写真は、白状しない犯人が刑事に証拠を示されたようなもので、黙ってうなずくしかない。

かくして「年をとったら驚いた」現象をくりかえしていくうちにそれが愉しくなる。ここんところ、重大なポイントです。自分のカラダが弱っていくのが面白い。昔できたことが出きなくなるんだから、笑っちゃいますよ。鉄棒にぶらさがれない、廻し蹴りができない、全力で走れない、大事なことを忘れてしまう、すぐトイレに行って小便をする、やたらと屁が出る、原稿を書くのが遅い、集中出きず、持続しない、前歯が抜ける、新聞を読めない。どれもこれも面白いじゃありませんか。

人生観が変る。だって年をとったんだからね。

状況（年齢）なくして自由はない。

朝に政令を下して夕方それを改めることを、「朝令暮改」という。朝令は長齢に通じ、長齢暮改はいつものことで、気が短くなるため一時間で意見が変ることもたびたびだ。七十歳をすぎた高齢者の発言はすべて愚痴である。

発言は呼吸の一種でありますから、取り消すことは不可能である。言葉の泡です。泡沫である。息をしなければ死んでしまうのです。

これにより、すべての老人は冗談を言って生きていけばいいということがわかります。

いつ死んだってよくない。

ということもわかる。

だけど、ノンキなトーサンは悲しい。ノンキなトーサンは戦後の日本人父親の理想像であって、ひとりのノンキなトーサンの人格が仕上がるまでには他人に語れない「悲しい物語」があるのだ。ノンキなトーサンがノンキなジーさん化している過程に「灰色の魂」が作用します。

「灰色の魂」とは何か。老いを愉しみ、ゆっくりと歩き、他人に頼らず、あきらめる力である。やろうと思えばまだできる意志があり、体力の糊代《のりしろ》もあるが、あとはあきらめて、無理をしない。完全を期さない。なかには、死ぬまで現役で疾走する達人もいるが、それは限られた人である。

「灰色の魂」は有頂天にならない。己の分を知る。できないことはあきらめる。これまでの自分を評価し、納得し、貧しくても楽しむ。

一日一日を享楽して、酔う。酒を飲まなくても酔うんですよ。

人間は努力をするほど迷うのです。

年をとったら努力をするな。

自分への戒めをゆるめる。

隠れて生きる。

死んだときに「あれれ、あの人はまだ生きていたんだね」といわれるくらいがいい。世間から忘れられるがコツです。

人間は年をとれば成長するわけではなく、ずる賢い年寄りがいる。これはラブミー農場の深沢七郎さんがいつもいっていたことで、悪いやつは年をとるほど悪くなる。深沢さんは「ほれぼれするほど性格の悪い爺さんを捜し出し、自慢する盆栽老人に威張り散らされる楽しみ」を私に教えてくれました。

高利貸の流し目、詐欺師のうす笑い、利権政治家の二重顎《あご》、愉快犯のささやき、極道の人情、鬼婆の真ごころ、この世には高齢の熟練者がけっこういるのです。大金持ちの悪徳老人は文学作品のネタになる。スリ、かっぱらい、香典泥棒といったコソ泥系老人も年季の入る仕事で、それもまた「年をとったら驚く」ことになります。

貝原益軒《えきけん》は「老後は、わかき時より、月日の早き事、十ばいなれば、一日を十日とし、十日を百日とし、一月を一年とし、喜楽して、あだに日をくらすべからず」（「養生訓」）と言っている。

年をとると月日がたつのが早くなる。一日を十日のつもりで生き、一カ月を一年のつもりで生きろ、という。年をとると年齢の差がちぢまり、七十歳になると六十歳も六十五歳も大差がなくなる。

恐いものがなくなる。若い連中に「どうせ百歳までしか生きられないんだから」というと、ギョッとした顔をする。いま、百歳以上の老人は九万人いる。すぐ眠くなり、仮眠状態で原稿を書き、劣えたぶん自慢したくなり、人に敬語を使われるポジションにいることに驚いた。

手書き原稿なので、自分の文字が、ヘロヘロながらよくなっているのに驚いた。文字が、指さきから流れ出て、指の一本一本に、水道管の水みたいに文字がつまっている。指さきが万年筆、で私の本体とは別の人格になってきた。

高校の同級生が勲章を貰ったのは驚いた。長く生きているとめでたいことが体験できる。えー、あいつがナントカ勲章だってえ？　と嬉しくなってビールを飲む。

春の夕暮れは、生と死の境い目がおぼろげになるのに驚いた。生きているんだか死んだのかがわからない。ぼうっとなるのは生きている証拠であるけれども、それはやわらかい光に包まれた浄土で、生への祝福であるのだ。

生きていることじたいが価値である。

友人がどんどん他界する。三十代のころの友人の死は衝撃をうけ、この世の無常を思い知ったのに、六十代、七十代になると、仲のよかった友人の死をさっさと受けいれて、諦観してしまう。悲しいことは悲しいのに、「死ぬのはしかたがないこと」として受けいれてしまう自分の薄情さに驚いた。生と死の無分別のなかに私がいる。

お金は貯らぬが物が貯っていくのに驚いた。古い薬、使わない筆、LP各種CD、陶磁器（素人が作った茶碗）、古地図、アンティーク椅子、旧式ラジオ、オリジナル手拭い、写真、明治の辞典、大正時代のトンビ（マント）、時計、扇風機、カバン、ぐい呑み。ネクタイだけで百本はあるが二度と使わない。靴十足、下駄二十個、かぶらない帽子二十個、もう着ないコート十着、マフラー十本、アロハシャツ五十着、ズボン三十本、あるわあるわ、まわりはゴミだらけである。

年をとることは年表のような一本の時間軸ではなく、古い敷布の拡大とみるのが正しい。

老人の肉体のなかに、十代二十代三十代四十代五十代六十代のときにつぶやいた言葉の泡が、大小のポップコーン状になってまとわりついている。ある泡は消え、ある泡は大きくなり、ブクブクと動いている。それが生きていることの証しである。はてしない旅の記憶、命がけの格闘、古書への耽溺、狂おしいほどの饗宴。忘れ得ぬ友人たちとの義理人情出版渡世、赤坂八丁目の流れ星、神楽坂の月、など数千の記憶が、虹色の球体となって、そのどのひと粒も「ああ驚いたア」とつぶやいている。物干し竿にはためく嵐山の敷布が「魔法の絨毯」になっちゃった。

とりあえずは八十八歳まで驚いていくことになる。というつもりですから、読者諸君諸嬢も、とりあえず驚いて生きていって下さいませ。頓首再拝。

嵐山光三郎

第一章

春が来たのには驚いた！

春、うつらうつら

朝めしを食べるとすぐ眠くなり、縁側の籐椅子によりかかって、うつらうつら。景色がゆるんで、体が溶けていく。一時間ぐらいは眠る。昔から睡眠王とよばれた。「よく働きますねえ。いつ眠るんですか」と訊かれるが、なに、一年中眠っているのだ。水を飲むようにガブガブと眠ることが活力源となっている。

力くらべのひばりの声で目がさめて、朝刊を読むうちにまた眠くなった。眠っているわずか十五分くらいのあいだに短編の夢を見る。隅田川で船に乗っているだけの夢で、船に乗っているのは見知らぬ客だった。

フロイトの夢判断の素材にもならないできそこないの夢ばかりで、築七十年の家の縁側に記憶の波が広がっていく。

洗面所へ行き、水道の蛇口から水をジャブジャブ流して頭を冷やした。すると洗面台に菜の花が咲いている。幻覚かな。いよいよ頭がおかしくなったか、と案じて指でさわると、たしかに菜の花である。

毎年、畑で育てた菜の花を届けてくれるHさんという人がいる。亡父が菜の花が好きだったことを知っている人が自分ちの畑に咲いた花を持ってきてくれる。菜の花を花瓶に活けて、仏壇に供えた残りの一本が洗面所に散っていた。

すぐ眠くなるのは春のせいだ。春は、魔がさす季節で、油断していると、小波《さざなみ》に足をすくわれるから御用心なさいませ。「♪春よ来い、早く来い」という童謡があるが、あれはまだ春が来ないときに「かわいいミヨちゃんが春を待つ」心情で、春がきて心うかれると、春が曲者であることに気がつく。心乱れてとんでもないことになります。

とくに桜がいけない。

雨に打たれた桜の花がアスファルトの道路に散って、まだら模様になる。春の奥にもうひとつの春があり、雨に濡れている。もともとだらけた性分だから、だらけた風景の中に身をあずけていくのが心地よく、その心地よさにいらだっている。いらだちと快感がぬるい空気のなかにある。

生ぬるい水道の水で顔を洗い、頰を手で叩いて「そういつまでもだらけないぞ」と気合を入れて部屋に戻ると、テレビでプロ野球中継をやっていた。昼間のプロ野球ほど間のぬけたものはなく、阪神タイガースは、あいかわらず負けている。

畳の上にゴロリと横になって、手枕でテレビ中継を見ているうち、また眠ってしまった。眠りながら、阪神タイガースの投手がホームランを打たれたことがわかる。夢と現実の中間点にふんわり浮いて、うつらうつらする。

父の晩年がそうだった。おきているのに眠っていて虚実皮膜《きょじつひまく》のなかを蚊のようにブーンと飛んでいた。とすると眠くなるのは年をとったからで、冥界《めいかい》へ行く予行演習とも感じられる。

せっかちで、短気で、すぐに怒り出す父が、八十歳をすぎたころから、やたらと眠るようになった。昼の半分は眠っていた。テレビを消すと、画面が銅製の古鏡みたいに曇る。消えたテレビは死人の顔の色である。

立ちあがって、指で左右のこめかみを押して、念力のかんぬきをさした。チーンという鉦《かね》の音がする。

二日前から仕事部屋にたまった雑誌や書類の整理をはじめたが、文具や古時計やCDなどが散らばり、収拾がつかない。捨てきれないものをどうしようか、と迷っている。それがいらだちを加速させる。

気分を入れかえるため、散歩に出た。下駄の鼻緒がゆるくなっていて、これも春のせいにした。

銭湯の裏にある八百屋に立ちよると、「春の野菜」という看板がさがっている。この店の主人は、通称「山菜オヤジ」で、地場野菜を売っている。新キャベツ、ホウレンソウは、自分の畑で作ったものだ。ウド、ワラビ、フキは契約農家から仕入れている。タラの芽の横に春菊が置いてあった。

「春菊ってのは一年中あるけど、春菊のシュンはいつですかね」

と訊くと、

「そりゃ春でしょ。いまの春菊はサラダにするのが一番いい。ナマがうまい」

と自慢した。春菊は関西では菊菜《きくな》といって、秋に種をまいて、春に収穫する。

「春は、春に恋して春の思いを食う。これを思春期というんです。青い野菜は青春であります」

ちょっと違うと思ったがコーシャクしてもはじまらないので、

「じゃ、春を売ってるのね、春を売るのは売春だ。売春防止法が一九五六年に成立してますけど……」

といってみた。

「うーん」

と野菜オヤジは唸った。

「売春の春と、季節の春は違う春だな。だって、風俗営業は一年中やってるわけでしょ。よくわかんないけど、春になると、ムラムラッとモヨオスよね。野良猫も恋するし……」

そこで、山ウドの皮をむいて、八百屋の棚にある味噌をつけて食べてみた。山ウドという名の栽培品である。

「山へ山菜採りにいくとムラムラとモヨオスんですよ。あれはどうしてかなあ。新緑ってのにそういう成分があるのだよ」

野菜オヤジと一緒に考えこんでいると、店の前の柳の葉が揺れた。柳の葉は細くけむって艶がある。しだれ柳の枝を手でかきわけたら、枝の奥に花舞台が見えた。三味線と太鼓の音にあわせて、柳腰の芸妓さんが踊っている。花柳界ですね。柳には人間の気配があって、小枝をひきよせると「痛いわよう」と声がするようで、かえって、離したくなくなる。

「つまりは春情ってやつかなあ……」

それですよ。春情ってのは天然のものだから、売ったり買ったりしちゃ、いけないんだ。

「山菜を採りにいくとき、男は出稼ぎ気分になる。山へきたのは家出するつもりじゃねえぞ。出稼ぎにきて山菜をいっぱい採って、売って儲けるぞ。だから、かあちゃん待っててね……。出稼ぎブルースですよ」

野菜オヤジは、

「売笑、売色も売春と同じだなあ。笑いを売るのは禁止すべきだ。お笑い芸人はどうなのよ」

と訊いてきた。

「よくわかんねえなあ」

秋を売るのは売秋だ。売秋は買収に通じ、やはり不法行為である。ゴボウを括《くく》っているワラで鼻緒をすげかえ、フキを一束かかえて帰ると、また眠くなる。
と話し終わって歩きはじめたときに、下駄の鼻緒が切れた。

タケノコ生活者のご馳走

友人の画家から「タケノコを採りにおいでよ」と電話があった。アトリエの裏に竹林があって、毎年、朝掘りしたタケノコを届けてくれた。今年は体力が落ちたので、自分で掘って持っていけ、という。

タケノコはピンからキリまであって、京都産のものが一番うまいとされているが、江戸明和《めいわ》のころは小田原産の大竹がよしとされ、昭和のはじめは東京駅前に生えたタケノコを始発ダケといって珍重した。

京都のタケノコをはじめて食べたのは就職したときで、嵯峨野の竹林にある料理屋だった。それまでは近所の八百屋で売っている二百円のタケノコしか食べたことがなかったから、同じタケノコでもこれほど差があるのに仰天し、嵯峨野のタケノコ飯を折《おり》につめて自宅へ持ち帰った。タケノコ飯は冷えたものでも冷えた味がうまい。ご飯の色がほんのりと薄く、香りがあり、タケノコもやわらかかった。はかない舌ざわりのなかに、竹林の風が吹いているようだった。

それからしばらくは、京都からタケノコを仕入れ、薄味のタケノコ飯を作ってきたが、ある日突然、こんなことをしていると、人間がダメになる、という気がしてきた。タケノコには、ガツンとした歯ごたえがあるほうがいい、と思ったのは高杉晋作のタケノコ料理の話を知ってからだ。幕末時代、外国からやってきた賓客にはタケノコ料理を出した。日本人の膳にはタケノコを煮たのを出し、外国人には青竹の根の輪切りを煮て出したから、外国人は日本人の歯力に驚いたという。軍艦を持ってなくたって歯力だけは強いんだぞ、と高杉晋作が見せつけた。

この話が気にいったのでタケノコの硬いところを好むようになった。関東のタケノコは上品ではないが硬さだけはある。

そのころ、画家の友人の竹林で、原始的な調理法の鉄砲焼きをした。掘りたてのタケノコの泥を落として、細い鉄棒で節をくりぬき、そこへ醬油と日本酒をつぎこみ、切り口は大根の切れ端でかたく栓をして、熱灰の中へぶちこんで一時間ほど蒸し焼きにした。焼き芋みたいにタケノコが焼けた。こげた竹皮をむくと、なかからポッポと湯気がたちのぼり、山賊の気分でガリガリとかじった。

檀一雄さんと東北を旅行したとき、細いネマガリダケで似たような調理をした。檀さんはドライバーで節に穴をあけて、醬油をつぎこみ、木枝の栓をして枯れ葉で十五分ほど焼いた。焼きあがるまで缶ビールを飲んで待つのが檀流である。焼いた皮をむくと白いタケノコの裸身が濡れて光り、官能的な味がした。醬油がしみて舌がよじれ、日本酒を入れず、醬油だけでしっかりとした味がついた。

画家の竹林で鉄砲焼きをかじっていると、居あわせた通人がへへへと笑って、「タケノコは火事場に限るぞ」と言った。数奇者のタケノコ粋人は、小さな竹林を七カ所持っていて、そのひとつを竹林ごと焼いてしまう。タケノコは竹林の土のなかで蒸し焼きになる。タケノコの季節は竹林ごとに七人のアルバイト番人をおき、これを「竹林の七番人」と名づけているという。根を荒らすが、七年たてば、さらに上等のタケノコが育つらしい。

なるほどなあ、と感心して、画家の友人に「竹林ごと焼きましょう」と提案したが断られた。それで画家の竹林からタケノコを泥ごと掘り出して、そのままブリキのバケツに入れて、東京ガス板橋営業所のガスオーブンで三時間ほど焼いてみた。竹林の火事を人工的に作ってみて、その一部始終を撮影して、『料理ノ御稽古』（光文社文庫）に掲載したが、その本は書庫の奥に隠れてなくなってしまった。これは三十年以上前のことである。

泥ごと焼けたタケノコは皮をむくとパイナップル色で、エグミが強すぎた。身はしなびてしまって、思ったほどうまくなかった。なにごとも、やってみないとわからない。

画家の友人の竹林には、そういった思い出がある。年老いた画家は「オレはまたタケノコ生活だよ」と言った。タケノコ生活とは、敗戦直後、食うものがなく、衣服や家具調度品などを売って、タケノコの皮をはぐように生きてきた日々のことだ。

優雅な生活をしてきた画家は、収入が減り、邸宅の土地を半分売り払い、それで得たお金も使い切って、いまはカルチャーセンターで水彩画を教えて食いつなぎ、タケノコ生活に戻った。

そういや、タケノコ族っていう連中がいた。一九八〇年ころに原宿の歩行者天国にあらわれて踊っていた無国籍ファッションの集団をタケノコ族といった。

時間がどんどんたっていくが、好き放題のことをして生きてきた。私もまたタケノコ生活の日々で、悔いはない。

竹林には、茶褐色のタケノコが、枯れ葉を押しのけて、ぬっと顔を出している。地下には人間の日には見えない根がはりめぐらされ、土を突き破って出てくる。根の潜水艦が、突如、地上にあらわれる。

新しい命である。

竹林を見上げると竹の字が揺れている。竹林は、そこらじゅう竹竹竹竹竹という文字だらけだ。

鍬をタケノコの根もとに振りおろすとざっくりと割れた。粗く刃のあとがついたタケノコを持ちあげると、ずしりと重く、湿った根もとがひやりとした。大釜に湯をはり、その場で茹であげた。

さあ、タケノコ・チャーハンのはじまりです。

フライパンで竹本油脂の太白胡麻油を熱し、ムキエビ、サイコロ型に切ったタケノコ、ご飯を入れて塩と胡椒で味つけして、チャッチャッと炒めた。松の実と梅昆布茶を入れると、松、竹、梅のめでたい味となる。もひとつおまけに焼きアナゴを加えて豪華版とした。ポイントはタケノコがゴロゴロと入っているところである。

タケノコ・チャーハンはタケノコ飯にもまして、パワフルで、胃をキックしてくる。これぞタケノコ生活者のご馳走ですから、是非お試し下さい。

少年、グレやすし

私が通った高等学校の校歌に「少年は老いやすし……」という一節があった。ろくに意味もわからずに合唱していたが、作詞は佐藤春夫で、朱子の「少年老い易く学成り難し」からとったものだ、とあとで知った。まだ若いと思っていても月日がたつのは早く、少年はすぐに老人になってしまう。それに対し学問の研究はなかなか達し得ない。寸刻を惜しんで勉強しなければならない。「一寸の光陰軽んずべからず」。

この意味を知っていればきちんと勉強したはずだが、それに気がつかなかった。高校時代の三年間は、ぼーっとしているうち、あっというまに過ぎ、この三年間で、その後の人生が大きく変わってくる。もっと学習しておけばよかったとくやまれるが、すんでしまったことだ。社会人になってからの長い苦闘にくらべれば、この時期が「一寸の光陰」であった。

いっぽう、悪質な少年犯罪がふえて、少年法の適用年齢を満二十歳から十八歳に下げた。それにあわせて十八歳の若造に選挙権を与える、という。「少年グレ易く、矯正成り難し」の時代になった。人を殺したくなったら十七歳までという「一寸の暗雲」がある。十七歳までの駆け込み犯罪はその大半が確信犯で、「寸暇を惜しんで、人を殺す」少年がふえてきた。

少年院へ送られた少年は出てきてから不良仲間でハクがつくが、矯正同期の少年は院友というのだろうか。同じ院でも少年院と大学院は違う。

院はもともと上皇や法皇や女院の御所で、そこに住む人への敬称であった。後鳥羽院、建礼門院、崇徳院など高貴な人は院と呼ばれた。そのころ「少年院」なるものがあれば、君子養成所ともいうべき特権的教育機関であろう。

上皇や法皇がつかさどる政治を院政という。転じていったん引退したはずの人が実権を握るのが院政である。大学院は高度の専門教育、研究を行うところで修士課程、博士課程の二段階がある。

元老院は古代ローマの政治機関で、日本では明治初年、政府の立法院であった。明治憲法下、明治二十三（一八九〇）年には貴族院ができ、上院の一種となった。現在では衆議院と参議院の両院があります。

病院、医院、国土地理院、囲碁は棋院、学術文化は芸術院、平安時代の三院（大

学）は奨学院、勧学院、学館院。いまは学習院、國學院、青山学院、明治学院、奈良の都の正倉院、官庁の人事は人事院、大根食うなら聖護院、座禅は僧院、赤ちゃん産むなら産院だ。

院とつけば結構なものと相場がきまっているが、なにゆえ不良少年の施設に院がつくのか。

案ずるに、不良少年は偉いんですね。大学生のなかでココロザシ高き学徒が大学院に行くように、不良少年のなかできわだった者が少年院へ行く。

少年院出身の作家は書くものに迫力がある。かつての不良少年はケンカをしたが弱い者いじめはしなかった。不良の仁義があって、それなりに人望があった。

しかし、非行少年は自分より弱い者をさがしていじめる。不良と非行は違う。

だれもが「いじめられた経験」がある。いじめられて耐え忍び、そのくやしさをバネにして「なにくそ」とがんばった人が、大きな成果をあげた。いじめられずに「蝶よ花よ」と育った娘は成人してから打たれ弱く、一発かまされるとヘナヘナになってしまう。俗世間の実体は「いじめ」にあり、路上キスを写真に撮られた女性議員が、国会で追及されるのもその一例である。世間は、有名人のスキャンダルが大好きで、おばさん議員が路上キスぐらいしたっていいじゃねえか、と私は思う。週刊誌でからかわれることと、国会で追及されることは別次元である。

「女性議員酔い易く、恋成り難し」といったところで、つぎからはもう少し見ばえのいい男を探してみたまえよ。

と話はそれたが、「いじめ」に耐えることで、人は強くなる。非行少年は、いじめられたくやしい過去があり、その無念をはらすため、自分より弱い者をいじめて、気をはらす。

せっかくいじめられたのだから、その無念を胸にきざみ、バネにして、「弱い相手をいじめない」ときめて行動し、人を動かすのが不良魂である。人はそうやって強くなる。

ひと昔前は、老人ホームのことを養老院といった。養老とは、老人をいたわって大切にすることで、岐阜県養老郡の名産に養老酒という混成酒がある。養老院という言葉の響きは、元老院と似ていて豪華なイメージがあった。老後を安楽に送ることが養老であるのに、老人ホームという安っぽい名称になった。

通称トクヨウというのは特別養護老人ホームの略で六十五歳以上の要介護者の老人福祉施設である。トクヨウは混んでいて、なかなか入れてもらえず、順番待ちという。

養老院という用語が使われなくなったのは、少年院の延長で、「非行老人の矯正施設」と勘違いされそうだから、かもしれない。あるいは戒名に○○院カクカクシカジカ居士と使われるからだろうか。

少年院があるんだから老年院があってしかるべきで非行老人もまた増加の傾向にあり、年をとると、悪いやつはますます悪くなります。東京都練馬区の少年鑑別所は通称ネリカンといって高校生のころ「ネリカンブルース」という歌が流行した。収容期間は原則として二週間だったが、退学した同級生は「三週間入った」と自慢していた。

その友人の父はプロの極道だったので、家業をついだ親孝行息子として、業界の「美談」となった。その人は二年前、学年同窓会の会場へ「中退者」として出席し、やんやの喝采を受けたが、その後、脳梗塞で倒れて療養中のところ、一年前に逝去された。

私と同世代の極道は抗争しなくても病死するのである。そして死ぬ寸前までも性欲、食欲、金銭欲などの欲望からは逃れられず、「老人死に易く、欲成り難し」となる。ということだから非行老人鑑別所という施設があってもいい。

春眠をむさぼる

春闘という言葉が新聞にちらほらと出ているのを見ると、なつかしいな、と思う反面ユーウツになる。春闘は春季闘争の略で、毎年春に労働組合が賃上げ要求をする全国規模の共同闘争である。新入社員のころは入社するとすぐ春闘で、組合執行部の指示でストライキに入った。仕事を覚えたいと思って入社したのに、いきなりストライキだった。

それでも春闘のおかげで賃金があがったのだから嬉しくなり、春闘をくりかえすうちに味をしめた。団交の席で会社幹部とわたりあう組合委員長や書記長を見ると「いい度胸だ」と感じいった。団交で役員とケンカをしたら、あとの人間関係の修復はどうなるのだろうかと気になったが、ポンポンと言いあうのは春闘のあいだだけで、妥結後はけっこう親しくなるのを見て二度びっくりした。

会社側のボス（常務）は元組合委員長だったから、春闘妥結後のメーデーのデモのあとは銀座のビヤホールの屋上で一緒に飲んだ。そのときの組合委員長も何年後かには会社役員となった。ようするに、会社役員と組合三役はグルであって、いいあうところを見せあう役者なのだ。

労働組合委員長や書記長は、出世コースであることがわかった。なんだ好きなようにやればいいのだ、と気がついて、団交の席で、気にくわない上司へアルミの灰皿を投げてみた。それを根にもたれて、編集部から飛ばされそうになって反省した。やっぱり物を投げてはいけない。どこまでも口で言いあうのが芸の見せどころだった。

私が勤めていた会社は出版労連に属していて、春闘のあいだ、同業他社のストライキの支援にかり出された。昼休み限定で三十人ほどのデモ行進をした。そのとき、神保町交差点で葬式の一団とすれ違った。近くに住む老小説家U氏の葬列だったから、私はデモ隊から離れて葬列の後方を並んで歩いた。

春闘をするたびに賃金があがったのは、日本が高度成長をしている時期だったからで、いつまでもつづくはずがなかった。入社五年目に専従の組合委員長に「賃金はどこまであがるのか」と訊くと「無限だ」と言われて腰が抜けた。

鉄道、自動車メーカー、電機などの職場でストライキが行われたが、雑誌編集者はストライキに参加できない。百枚の原稿を依頼している水上勉氏が泊まっている湯ヶ原の旅館へ秘密で通って、旅費と宿泊費は自腹を切り、組合執行委員会からはストやぶりと批判された。

私は春闘を憎むようになり、役場に春闘のビラが貼ってあると腹がたった。

春闘が五月までずれこんだときがあって、組合委員長が春闘を囲碁ゲームとして楽しんだ。囲碁が好きな人で、閑職にあったため、会社が新回答を出すまでなにも動かず、泥沼にはまりこんだ。ようするに組合史上まれにみる能天気なボンクラ委員長だ。ときおりそのボンクラな不精髭の顔が浮かぶと、熱にうなされます。

そんな記憶がぼんやりと頭に浮かび、不良の根性を取りもどそうとして、神楽坂の町を歩いた。いい人になってはいけない、という自覚がある。ぐれてぐれてジジイの野性を取りもどせ。

あたりは春景色で美しいのにうつうつとして心がふさがれる。春の哀愁を春愁という。冷えた足をうち重ねて床に座りこみ、暮れていく時間に身をまかす。自動販売機で緑茶のペットボトルを買って飲むと春愁がうすらいでいく。体内に水分を補給すると切なさが消えていく。あと、サングラスをかけると、世界が変化して不良老人の生気がよみがえる。度入りの濃いサングラスで公園の池をのぞくと鯉が春愁の顔つきで泳いでいた。

気をまぎらわそうとしてさらに歩くと、歩道橋をおりてくる小学二年生の一団に会った。春休みに入って楽しそうだ。春休みが終われば新一年生が入学してきて、一学年あがる。

小学二年生の顔が大人びている。すでに仲良しグループをつくって党派を組んでいる。小学生の本能で、敵と味方を峻別している。その小学生たちが通っている学校の校庭には樹木が一本もなく、トーテム・ポールが三本立っている。トーテム・ポールは北アメリカ北西海岸の先住民が神話的起源を彫刻によって標示した柱である。

学校の校庭から二宮金次郎の銅像が消えて、トーテム・ポールが立つようになったのは、いかなる理由なのだろうか。子をアメリカ原住民化する陰謀かもしれない。女子児童が持っているカバンから鈴の音が響いてくる。

公園のブランコに腰かけた女子中学生がスマホをいじっている。ブランコが少女と一緒に揺れている。公園のベンチに座っているうちに、うつらうつらと春の眠りに入っていく。年をとると、いつどこででも眠くなり、歩きながら眠る術も体得した。

「春眠《しゅんみん》暁《あかつき》を覚えず、処々啼鳥を聞く、夜来《やらい》風雨《ふうう》の声、花落つること知んぬ多少ぞ」

と唐の孟浩然《もうこうねん》の詩にある。

眠りながら鳥が鳴く声を聞く。瞼《まぶた》の裏に安西水丸と酒を飲んですごした日々が浮かんだ。

春眠から覚めれば若き日の私はいない。春眠のもぬけのからがあるだけだが、春眠をむさぼって自堕落な日々をすごして悔いはない。（というのは嘘である。反省しないだけです）

なに、孟浩然を始祖として昼寝をすればいいのだ。昼寝は油断をしているふりをして、そのじつ大いなるもくろみがある。昼寝する自分に大望をかけているのです。

さきに他界した友人は、西日さす丘で風の音を聴いているのだろうか。

安西水丸の『東京美女散歩』を度入りのサングラスで読みはじめた。厚さ四・五センチもある本で、ピンク色の表紙に、水丸好みの女たちの絵が描かれている。水丸の絶筆である。二〇〇七年から二〇一四年まで七年かけて、東京の町を歩いて美女をさがし求めた散歩で、水丸ならではの視線がある。

東京で一番の美女は、日比谷、丸の内、銀座あたりらしい。和服の美女は人形町がおすすめで、たっぷりと吉祥寺ギャルを観察し、自由が丘は人妻美女の街なんだって。水丸好みの美女がゾロゾロと登場する。水丸が住んでいる青山はモデル級の女が闊歩しているが、よく見るとつまらない街、と手きびしく、これも水丸らしい。神楽坂の項に「友人嵐山光三郎のオフィスがある」と書いてあった。

夢の面会室

安西水丸とカレーライスを食べる夢を見た。夢なのに水丸はニコニコしながらビールを飲み「ぼくが死んで、何年たつかな」といった。水丸が故人であるのに少しも違和感がない。

水丸が没したのは二〇一四年三月十九日で、それから八年がたった。三月十四日に銀座で立川志らくの落語会があり、水丸が隣席に座っていた。「この年になってなんでこんなに忙しいんだろう」と恨むような顔をした。落語会のあと「銀座で軽く飲もうか」と誘うと「いや、雑誌の〆切りが迫っているんだ」と言った。、タクシーで青山の水丸事務所に送ってから神楽坂の仕事場に帰った。

水丸が倒れたのはその三日後の三月十七日で、脳出血だった。ちょうど帰国していた村上春樹は三月十七日に水丸と酒を飲もうとして事務所に連絡したが、その日、水丸は鎌倉のアトリエで意識不明となっていたのだった。

村上氏と水丸が出会ったのは四十二年前で、そのころは嵐山も水丸と一緒に村上氏が千駄ケ谷で経営していたジャズバー「ピーター・キャット」へ出かけた。若い編集者の岡みどりさん（故人）も一緒だった。

十五年ぐらい前、雪が降りしきる夕暮れ、水丸と村上春樹夫妻と岡みどりさんと、神田明神下のふぐ料理店「左々舎《ささや》」へ行った。そのときの記念写真がぼくの机の前の壁にピンで留めてある。

一九八八年二月、水丸と一緒にニューヨークへ行き、かつてますみ夫人と暮らしていたアパートをたずねた。

夢のなかで会った水丸は、

「原平さんのお別れ会で赤瀬川さんと会って話したんだよ」

あの世で水丸は赤瀬川原平と会っている、という。

「あ、そうか。そっちはそっちで話してるんだね」

水丸は二十九歳のとき、ニューヨークのデザイン会社をやめて帰国し、ぼくが勤めていた平凡社へ入ってきた。たちまち仲良くなり南伸坊が編集していた漫画雑誌「ガロ」の宴会へ出かけて、赤瀬川原平さんと親しくなった。

夢の中に原平さんも出てきて「早くこっちへ来てよ」と話しだした。死者と話しているのに変だと思わないのはなぜだろうか。霊界の友人が呼びよせて、私も一歩アチラへ近づいたという気がする。けれど私はしごく健康で、ごく普通に話をしている。夢の中でばったりと会って生前と同じように会話をしている。

夢は死者との面会室で、違和感がない。夢を見ながら、かたほうで「これは夢である」と思っている。脳のなかに友人や先輩が霊の粒子となって棲みついているからだと思える。

金子兜太《とうた》著『他界』（講談社）を読むと「他界は忘れ得ぬ記憶、故郷」と書いてある。七十歳で「立禅」を極めた金子さんは、九十二歳でがんの手術をしたときにはベッド横に立って唱え、九十五歳をすぎてもつづけていた。

肉体は死んでも魂はほろびない。死とは、この世からもうひとつの世界「他界」へ引っ越すことである。無神論者で特定の宗教を信じないが、「他界はある、きっとある」と確信した。

「立禅」とは、毎朝、おきたときに立って、目をつぶって、他界した人の名を小声で唱える。順調にいって三十分、ちょっと名前が出てこないと四十分かけて、いまのところ全部で一二〇人ぐらい。毎朝、亡くなった人の名を唱えると、気分がすっきりする、という。

　この「立禅」を私もやってみることにした。たちまち七〇人ほどの名が浮かんだ。父親や伯父、伯母といった肉親は、兜太式に従って、最後にまわして別扱いとした。私の場合は、まだ一二〇人に達せず、これからどんどんふえそうだ。

　恩がある人は、出版社に就職してからが多く、うっかりするとまだ生きている人を入れてしまうので、書き出してみた。で、

「ダンフミシバヤマ、イカシタマゴヨ、キッチリソチラデマッテテネ……中略……アア」

と覚えた。先生とつける人もさんづけも、あだ名も呼びすてもいろいろあるのが兜太式だ。

　最初のダンは檀一雄先生だ。編集者になって最初に担当して御教示いただいた小説家。フは深沢七郎オヤカタ。深沢オヤカタの思い出は『桃仙人』（中公文庫）という本になった。ミは水上勉先生。親しくなってベンさんと呼んでいた。シは澁澤龍彦氏。バは編集の恩人馬場一郎。ヤは山口瞳先生。自宅が近所だったので、競馬に同行させていただいた。イは井上ひさし先輩。日本ペンクラブ会長としての尽力もさることながら、小説と芝居の達人。カは金田元彦先生。大学時代の恩師。加藤楸邨《しゅうそん》先生は、兜太さんの俳句の師匠だから、兜太さんは「立禅」の二番目に読みあげるらしい。楸

郁先生夫妻にくっついて「おくのほそ道」の旅をしました。

二番目のシは下中邦彦氏で平凡社社長。私が退職してからもなにかと声をかけてくれた恩人。タは平凡社の高橋シメ子さんで、嵐山オフィスの初代事務長。マは丸谷才一先生で、大学生のころからの恩師。ゴは五味康祐さんで、手相から女性関係の占いまでなにかと面倒をみていただいた。ヨはフジテレビの横澤彪《たけし》プロデューサー。私をテレビにひっぱり出した人で、忘れられない兄貴分。

キッチリソチラデマッテテネのキはきだみのる（『ファーブル昆虫記』の翻訳者で漂流怪人）。ツ以下は早逝した編集者やディレクターやミュージシャンで、あだ名である。最後のアアは、安西水丸、赤瀬川原平。

まずはこういう覚え方で週二回ぐらい稽古していけば、お経を読むようにスラスラと出てくるだろう。水丸も原平さんも、他界してから回顧美術展が人気で、ますます忙しそうである。他界でもアアとため息をついているんじゃなかろうか。「立禅」をして名前を唱えるとき、うっかり母親の名を言いそうになった。老母ヨシ子さんは百五歳でまだまだ念力で生きております。

DDTの「こどもの日」

近所の小学校の卒業式に呼ばれて祝辞を述べた。学校の体育館兼講堂には、五年生全員と、卒業生の父母が座っていた。恥ずかしながら、私は地元国立市の教育委員を九年間つとめていた。

卒業生は八十一名で、三クラスである。一クラスの生徒は四十名以下ときめられているため、三クラス編成となった。

ピアノ伴奏にあわせて担任教師を先頭に、六年生が拍手のなかを入場する。六年生は進学さきの制服を着て、緊張している。五年生の「送る言葉」や卒業生からの「別れの言葉」のエール交換があり、これが盛りあがった。合唱は、いくつかの曲をアレンジしているが、卒業生は、ひとりひとりが壇上に上り、校長先生より、卒業証書を手渡された。で、驚いたのは、卒業生のうち、二十名ほどは、私より背が高いことであった。このまま背が伸びれば、すべての中学生は私より大きくなる。

五月五日を「こどもの日」の祝日ときめたのは一九四八年七月二十日で、敗戦三年後であった。この年に極東軍事裁判で東条英機ら七名に絞首刑の判決が下り、十二月二十三日に執行された。私は六歳であった。

町には戦災孤児という家なき子があふれ、厚生省調査では全国に十二万人余の戦災孤児がいた。戦災で親が死んだ子、引き揚げで親と離ればなれになった子、捨て子、といろいろのケースがあったが、一番多いのは敗戦後の混乱で孤児になった子であった。

子どもにとっては、戦争よりも、敗戦後の混乱のほうが重くのしかかった。戦災孤児は焼け残った建物や駅の地下道、ガード下をねぐらにして、悲惨な生活をした。闇市からのカッパライ、チャリンコ（少年スリ）、モクバイ（たばこの密売）、靴みがき、新聞売り、などなんでもした。

静岡県の母の里（浜松市中野町）に疎開していた私は、復員した父に連れられて上京したのだが、両親が住んでいた中野の家は空襲であとかたもなく焼け落ちていた。町には進駐軍の兵士と失業者の群れにまじって戦災孤児がたむろし、「この世は闘いだ」と思った。小学校は三回転校して、そのたびに転校さきのボスと対決した。子どもを「かわいくてやさしい」存在と思ったら大間違いである。

子どもは残酷でむごたらしい仕打ちをする。ナマの本能がくすぶっている。人間は、社会システムのなかで、本能を破壊された動物となる。社会的生活をしていく契約の学習が学校なのである。

占領軍は、伝染病防止のため、駅や街頭で、日本人の頭に白い粉を浴びせた。有害物質のＤＤＴである。髪の毛から服やズボンまでマッシロで、ようするに動物扱いだった。発疹チフスは、衣服や髪に生息しているシラミが媒介する。シラミや蚊が発生するドブにもＤＤＴが散布された。

戦災孤児の処理に困った警察は、つかまえてトラックに放りこんだ。捕らえると、「一匹、二匹……」と数え、孤児の収容施設に入れた。

東京・品川のお台場の収容施設に入れられた戦災孤児の部屋には鉄の檻がついていて、脱走を防いでいた。収容施設では旧日本軍もどきの体罰が日常的に行われ、一糸まとわぬ全裸の生活をさせられた。

粗悪な食事と児童虐待の日々で、脱走すると恐怖のリンチを受けた。私と同世代の戦災孤児は、生きていれば、なにをしているのだろうか、と思う。

そういった時代のなかで「こどもの日」が祝日として制定されたのだった。子どもの人格を重んじ、その幸福をはかり、母に感謝するのが趣旨である。

五月五日は、もとは端午《たんご》の節句で、五節句のひとつだから、かしこまって「こどもの日」と決められるのがしらじらしかった。一九五一年五月五日に児童憲章が制定宣言された。国連総会で採択された「児童の権利宣言」を日本に持ちこんだもので、「すべての児童の幸福をはかる云々」という格調の高い理念が記されていたが、このときの日本には子どもの人身売買があって、五千人の子どもが売られていた。

この年、私は九歳で、二回めの転校をして、クラスのボスにいじめられた。性悪凶悪のボスは、一歳上の落第生で、町の有力者の子であった。もうひとりとは多摩川の河原で一時間にわたる決闘をした。

端午の節句の、タンゴという言葉の意味を知らず、アルゼンチンタンゴだ、と思っていた。家の近所にパーマネントのおねえさんがいて進駐軍の兵士を相手とした売春婦だと、あとで知った。パーマネント遊びがはやって、これは男の子が米兵の帽子をかぶり、女の子が派手な服を着て、腕を組んで歩いて、はやしたてた。みんなアメリカ人になりたい、と思っていた。

「こどもの日」に銭湯へ行くと、菖蒲の葉が浮いていた。菖蒲の葉は、浴槽の片側にかたまり、湯上がりするとき、ぺたりと尻にくっついた。ズボンをはくと、かんばしい香りがたちのぼった。この歳になっても、五月五日は自宅の風呂に菖蒲を浮かべる。窓からの日ざしが、菖蒲が浮いた胸のあたりに差しこんで、子ども時代を思い出す。

「子ども」とつくものは、「子ども扱い」「子どもだまし」「子どもの使い」で、つまり一人前ではない。子どもは野放しにすると、とんでもないことをする。

「成人の日」は、成人を祝いつつも「もう子どもじゃないんだから、自分がすることには責任を持て」と釘をさす日である。そのあとは「敬老の日」で、私のようなジジイを大切にする日である。老人は、ひととおりのことをすませてしまったから、これまた野放しにすると野獣と化す危険がある。

かつての不良少年は、年をとって、ふたたび、子どもに戻り、壊された本能をとりもどそうとする。一番安全なのが中年だから「中年の日」という祝日はない。

新築の家に鯉幟《こいのぼり》があがると「男の子が生まれたんだな」と思う。風に吹かれた鯉幟の黒い目玉がにらみつけ、吹き流しがそよぎ、矢車に烈しい光があたって音をたてている。

お中元は楽しい

見知らぬ人からの到来物がきてとまどった。自宅の住所を知っていて、その人の住所氏名電話番号も記されている。ということは、当方が相手の名を忘れているだけなのだ。

電話をかけて、失礼ながら、私といかなる関係がある方か、と尋ねると、昨年対談をした相手で、銀行の幹部だという。そういえば銀行のPR誌のインタビューを受け、そこに同席した人だった。いやいや、ごていねいに有り難うございますと礼を言ってから、なぜ自宅の住所を知っているのだろうか、と首をひねった。

私の名刺は神楽坂の嵐山オフィスで、自宅の住所は記してない。対談のときにしゃべったのかもしれず、相手がわかったので、安心して送っていただいたアジの開きを食べた。

お中元はだいたい七月中にくるが、八月に入ってからもぽつりぽつりとくる。八月にくるのは友人からで北海道の毛ガニや、山梨の桃や、京都の漬物、九州のメンタイコがくる。各地の名産品が送られてくるのは、とても嬉しい。各地にある食品メーカーから送られてくる品は、毎年心待ちにしている。

十年ぐらい定期的に送られてきたお中元が、いつのまにかこなくなる。それはすぐには気がつかず、二、三年後に「あ、こなくなったのか」と思う軽い欠落感がいい。すっきりする。

親しくしていた友人が亡くなったときが、お中元の終わりどきで、なにごとも、「生きてる人の世の中」だ。それでも、ずっとお中元を送ってきた相手だから、亡くなったからといって、急にやめるのは薄情という気になる。家族ぐるみで仲よくしてきたし、相手は恩人である。

それで送りさきを奥様の名にかえた。すると奥様からお中元が届き、しまったと反省した。

気を使わせてしまった。奥様としては、夫が没してからは、自由な生活をしたいと願っているはずで、お中元のようなわずらわしい作業からは解放されたいだろう。

と気がついても、当方の気持ちとしては、やはり送りつづけることになる。奥様から礼状のハガキがきて、送った品物を仏壇に供えました、と書いてあると、胸がジーンと熱くなる。かくして、友人が没して何年もたつのにお中元を出しあうことになる。やたらと親しくしていた友人でも、没して七年たつと、奥様にも会わなくなるし、七年めがやめる潮時か、と思うが、ふんぎることができない。

父へは十歳若いKさんより、ずっとお中元が届き、没してから五年たってもつづいていた。母は、そのお返しを出すために立川髙島屋まで出向いた。九十歳になったとき、Kさんに電話をかけて「お中元はいりません」と申し出た。八十五歳のKさんは律義で頑固な性格で、「私は送りつづけますが、どうぞお返しはしないで下さい」といった。母はKさんからお中元が届くと、礼状だけ書いてお返しはやめた。

そのうち、礼状を書くことも面倒になって、電話をかけて、礼を伝えた。

Kさんからのお中元は一年前からこなくなった。母は、「Kさんは亡くなったんだろう。Kさんはもう九十歳ぐらいだもの」という。

お中元の礼状は、昔は自分で書いていたが、だんだんおっくうになって、妻に書いて貰う。友人からの礼状もダレダレ内とある。

礼状の文章をハガキに印刷している人もある。

謹啓ナントカカントカ、この度は結構な（空白）をお送りいただきまして誠に有り難うございました云々。

空白の部分に、送られてきた品名を書きこむようになっていて、医者に多い。やたらとお中元がくるので、礼状の対応に時間がとられて、こうせざるを得ないのだろう。ダレダレ内と書かれた礼状は友人の妻に多く、それぞれ文章を工夫しているところに味わいがある。

四十代のころは、お中元が山のようにきて、玄関にはコンビニの倉庫みたいにダンボールがつまれた。テレビ番組に出ていたし、日本中を駆けずり廻って各地の名産品を紹介する記事を書いていた。ほとんどが食品メーカーから送られてきたもので、悪徳代官の気分だった。

五十代になるとお中元は半減したが、それでも相当の量で、玄関に宅配業者が自由に入ってきて、テーブルに置いてある印を勝手に押していった。

六十代になるとさらに半減したが、食品メーカーからの品物の質がよくなった。つきあいが深まって、厳選された食品となる。送ってくれる相手の顔をよく知っている。いきつけの寿司店や、料理店、レストラン、旅館、ホテルから届けられると、「しばらく顔を出していないな」と反省する。

問題はハムである。十年前に坂崎重盛氏とハム論争をした。そもそもは中学生時代にさかのぼり、父の友人がボンレスハムを丸ごと送ってきたので、ひどく興奮した。

ハムは高価なもので、切り身で売っていた。ハム丸ごと一つを、自分の家で庖丁で切る、なんてことは考えられず、一センチぐらいにぶ厚く切って食べたら、アメリカ人になった気分で悶絶した。

その話をしたから、坂崎氏がローマイヤのハムをひとかたまり、ドカーンと送ってくれた。そのころは女性演歌歌手ほか二名からもハムが送られてきて、冷蔵庫の奥へ大事にしまっておいたら腐らせてしまった。それで坂崎氏に「ハムなんていらねーや」といったら、お中元およびお歳暮は送らない、と宣言された。

いまから思えば、それが正解であった。それでも、故郷に帰った旧友から各地の名産品が送られてくると「元気に生きてるな」と嬉しくなる。

六本木の高層マンションに住んでいる知人は、世田谷区に立派な自宅がある。マンションは事務所である。その知人から高級ワインが送られてきたので、お返しに海苔を事務所に送った。

すると、その知人の名前の下に内と書かれた礼状が届いた。知人の奥様は世田谷区の家に住んでいる。ははーん、知人に愛人ができて、その女が勝手に内になったらしい。

春のバカヤロ事件簿

桜の花が散りかけたころ駅前通りにあるタコ焼き屋へ行くと七人ぐらいの客が行列していた。いつもはすいている店だが、花見客が並んでいる。

タコ焼き屋の隣は花屋で四月に入ると花の種類が多くなった。花屋で気がつくのは、胡蝶蘭の鉢が安くなったことだ。三、四年前は一万五千円から二万円ぐらいしていた鉢が三分の一の値段になった。

選挙で当選した代議士の家の玄関に白い胡蝶蘭がずらりと並んで、銀座のクラブ開店祝いみたいになる。人気役者が公演するときの楽屋へも胡蝶蘭が届けられる。白だけでなく、ピンク、薄紫色など蝶に似た花弁の新種があるが、作りすぎたので値崩れした。値崩れすると高級花のイメージが消えて、価値が下がった。価値が下がると贈答品として通用しない。

知人が没したときは、葬儀屋に花を注文して、あとから請求書がくる。地方の葬儀用供花は一万五千円が相場であるが、東京では二万円である。

東京の葬儀では、供花した人の名が小さな木札に書かれて入口に掲示されるだけで、一見すると合理的に見え葬儀屋丸儲けのシステムである。どの部分が自分の供花かわからない。

花屋の入口にガーベラの花束が五百円で売られていた。ガーベラは父が好きだった花で、ピンクが二本、白が二本、オレンジ色が三本、束にしてあった。

父の命日だったので、買おうかな、と考えて、しばし迷った。父は菜の花も好きだったから、菜の花のほうがいいけれど、花屋では売られていない。

ガーベラの花束をぼうっと見ていたら、後ろからきた自転車がいきなり背中にぶつかった。自動車一台がやっと通れるほどの細い道で、道の両側に雑貨屋や書店が並び、通行人が多い。そんな道へ自転車で突っこんできて、私の背中にぶつかり、その勢いで前方から歩いてきた老婦人にあたって、自転車ごと転んだ。

自転車に乗っていたのは羽抜鳥《はぬけどり》のような老人で、超ノロノロ運転だった。自転車が倒れて、アワアワアワと唸り声をあげ、老婦人に「すみません。ごめんなさい」と蚊の鳴くような声で謝っている。

倒れた自転車を起こそうとしてもがいているので、気の毒になり、起きあがるのを手伝おうとした。背中からぶつけられた私も腰の骨が痛いのだが、羽抜鳥爺いが可哀想になった。

助け起こそうとすると、羽抜鳥爺いは、鬼の形相になって「テメエがモタモタしているからこうなったんだ。バカヤロー。コラー、どうしてくれるんだア」と大声で叫《わめ》きはじめたのだった。老婦人に「すみません」と哀願していたのに別人のように凶暴になった。私だって後方からぶつけられた被害者である。

困ったもんだなあ、と立っていると、逆上して、目玉を赤くして悪罵をあびせかけて、つかみかかりそうになった。老婦人が、

「どういうことですか」

と訊くから「この人がぶつかってきて、そちら側へ倒れこんだのですよ」と説明しつつ、なんで私が弁解をしなければいけないのかといらだった。私も老婦人も自転車をぶつけられたのである。

羽抜鳥爺いは細い首をふるわせて甲高く叫くのだが、頭髪はまだらにはげあがって、目尻の皺は深く、自転車に乗り、しょぼしょぼとペダルをこいで去っていった。

そのとき羽抜鳥爺いの顔をどこかで見たことがあるぞ、と思い出した。

一年ほど前、コンビニで店員を怒鳴りつけていた八百屋の爺さんだった。値は少々

高いが新鮮な低農薬野菜を売っている店だった。ネギやホウレン草は地場野菜を扱っていたし、小さな店をひとりで経営して繁昌し、私もよく買っていた。その店が漏電によって火災をおこし、焼けてしまった。それから新しい店舗はできず、焼け跡は整地されて、別の店ができた。

愛想がよく、精悍な面魂で、正直者だった八百屋の面影は消えて、怨念にとりつかれて世間に悪態をつく情けない老人と化していた。一途で、一生懸命に仕事をやっていただけに、かえって立ち直ることができなくなった。カクシャクとしていた年寄りが、ある日突然壊れていく。それを加齢による認知症といってしまえばそれまでだが、私もそうなりそうな不安がある。

高校生のころより通っていた店でラーメンを食べて焼き餃子を手土産用に包んで家へ帰ると、菜の花の花束が届けられていた。

父の仏壇の前には、老母ヨシ子さんが活けた菜の花が置かれた。部屋一面が菜の花畑となり、ぽかぽかとしたあたたかい匂いにつつまれた。

仏壇に餃子を供えて手をあわせると、ヨシ子さんが「丸信の餃子でしょ。なつかしいわねえ」と興味を示した。Hさんがくれた菜の花のつぼみを茹でて、ヨシ子さんと食べました。

第二章

この世の中には驚いた！

バカかセンセイか

旅さきの居酒屋のカウンターで酒を飲んでいると、となりの客に、「おまえはバカだ」といわれた。見知らぬ客にバカよばわりされる筋合いはないが、バカであることはその通りなので、ばれたか、と首をひっこめた。ビクビクして飲んでいると「バカだバカだ大バカだ」とくり返していうから、酒ぐせの悪い進歩的文化人かもしれないと察して、目をあわさぬように用心していると、もうひとつ奥にいる客が「いや、部長のほうが大バカですよ」といい返した。

「部長は正直すぎるからバカなんですよ。なんでカトーを信用したんですか。カトーって野郎は二枚舌で世間を渡ってきたんだ。責任は他人に押しつけ、他人の手柄を横取りする。私もバカだが部長もバカです」

バカと呼ばれたのは私ではなく、別の客だった。ふたり連れのサラリーマンはどこかの会社の上司と部下らしく、どうやらカトーという人物に裏切られて、おたがいにバカでした、となぐさめあっている。それを自分のことだと勘違いした私もバカでした。

聞いているうちに、カトーという人物が悪いやつだという気がしてきたが、私がかかわることではなく、つまりはどうでもいい。この上司と部下は、バカ正直という意味で、バカという言葉を使っている。

大阪弁の演歌で、タイトルは忘れたが「だまされた私がアホやねん」というフレーズの曲があって、女性歌手がせつせつと歌っている。自嘲の歌で、自分を「アホやねん」とあざけって、なぐさめている。それと似ているが、アホはやわらかい息がある。バカはかたい。

任侠映画の渡世人が、自分を「バカな野郎でござんす」と卑下するのはじつは自慢であるから「たしかに、おめえはバカだ」なんてうなずくと、バッサリと斬り殺される。なにしろバカなんだから。

釣りバカというのは、釣りに熱狂する人で、バカが釣りをするわけではない。野球バカ、登山バカ、園芸バカ、競馬バカ、骨董バカも同様で、熱烈なファンという意味である。広沢虎造の『清水次郎長伝』に子分志願の若造が出てくる。どうしたら親分さんのような立派な侠客になれるんでしょうか、と若造が訊くと、

〽バカじゃできない……

若造が、はいとうなずく。

〽利口じゃできぬ……

若造が腕組みして考えこんだところで、すかさず、

〽中途はんぱじゃ、なおできーぬー。

とたたみかけて低い声で唸る。そのシーンが好きだった。とどめは、

〽バカは死ななきゃ、なおらない……。

バカは梵語の慕何で、悟りに至っていない坊主をいう。転じて無知、愚人のことである。自分の妻を愚妻と呼ぶのは、謙遜でありつつも妻が常識に欠ける人物であることに気がついている気配がある。妻を非常識な人物と認識すれば、あきらめがつく。

専門バカは学者先生によくある。あんまり専門的すぎて、こまかいところをつついて大局観に欠ける。となりの客は、おたがいにバカだバカだ、おれたちはバカ正直で損をしているとなぐさめつつ、店を出ていった。

ひと安心して、ビールを注文した。

すると入れかわりに入ってきた女客が「あら、センセー」と声をあげた。店には、なにかの先生がいるのだろう。踊りの師匠か生け花の師範か陶芸家も先生と呼ばれる。

駅前に大きなカルチャーセンターがあり、ヨガ、ダンス、そろばん、着つけなどいろんな先生がいる。市会議員も先生で、町の長老文化人はみんな先生とよばれる。

黙ってビールを飲んでいると、センセイとは私のことらしく、初対面なのになれなれしい。その女客は私の顔をテレビか雑誌で見たことがあるらしく、私の名を思い出せないが、とにかく、どこかで見た覚えがあって、となりの席に座ってビールをついでくれた。私が注文したビールを見知らぬ女がつぎ、

「お名前を忘れちゃいました。どなたでしたっけ」

と訊くのでした。

先生は直訳すれば先に生まれた人で、一般的には学校の先生である。教師という職業である。児童は大きくなると大学生になる。大学生とは「大きな学生」という意味だと定義したら、父にほめられた。晩年の亡父は美術大学で教師をしていた。父が没する七年前に、両親を連れて東北へ温泉旅行に行った。旅さきの宿で、見知らぬ女が「センセー、サインして下さい」といってきた。求められるままサインすると母が女をにらんで「この人は先生じゃありません」と注意し、父を指さして「こちらが本当の先生です」といった。父はうろたえていた。

編集者のころは、筆者を「先生」とよんでいた。駆けだしの作家ならともかく、高

名な作家は、すべて先生であった。しかし親しくなると、筆者から、「先生と呼ぶのはやめてくれ。さんにしろ」といわれた。そういわれても大先生をいきなり、さんで呼ぶのは勇気がいる。おそるおそる、ナニナニさんと呼ぶと冷や汗が出たが、やっているうちに抵抗がなくなった。ナニナニ先生からナニナニさんと呼べるようになるまでには一定の年季がいる。

丸谷才一先生は、大学で教わった先生だったから、ずーっと丸谷先生と呼んでいたが、ここ十年は丸谷さんと呼べるようになった。十一月二十七日に丸谷さんの「お別れの会」が帝国ホテルでひらかれた。その一年前に、帝国ホテルで丸谷さんの文化勲章受章を祝う会があった。

丸谷さんと酒を飲むときに、生意気な文芸評論家を悪くいうと「バカモーン」と叱られた。「上を見ろ、上を」というのが丸谷さんの口ぐせだったが、そこには生徒を激励する先生の気魄があった。丸谷さんはハガキの後半にブルーブラックの万年筆文字で俳句を添えて下さった。私が書いた手紙への返事であった。

拝復と書くまで長きふところ手
これぞ先生というものだ。

マヨネーズに恋して

大学一年生のとき、青山三丁目のお嬢様の家へ呼ばれた。レンガ造りの塀に囲まれた豪邸で、芝生の庭があった。お嬢様の母親は、自分の娘と同じクラスの学生がどんなレベルか、という興味があったらしい。男子と女子ふたりずつが選ばれて訪問し、私はそのひとりだった。庭のテラスに座ると、コカ・コーラとポテトチップスが出てきた。コカ・コーラを飲むのははじめてだった。そういう飲料があることは映画や雑誌で知っていたが、実際に飲んだことがない。

緑色のびんにつめられたコカ・コーラが、シャワシャワと音をたててコップにつがれると、アメリカ人になった気分だった。わあ、なんて贅沢なんだろう、お嬢様はアメリカな生活をおくっている、と仰天した。

ポテトチップスも貴重品で、お嬢様は、ママ、マヨネーズを持ってきてちょうだい、といって、チューブから出したマヨネーズをかけた。

マヨネーズ！　そんなものは見たこともなかった。チューブのさきから、薄黄色のマヨネーズが、天女の舞いのようにふんわりと出てきた。ポテトチップスにマヨネーズをちょっとかけるとおいしいのよ。カリカリッと音をたててお嬢様はポテトチップスを食べた。

その後コカ・コーラとマヨネーズは、あっというまに町に出廻るようになった。半世紀前の話である。

こんな上流階級の娘とはつきあいきれないと思って、そのお嬢様とはそれからは深い仲にはならなかったが、同行した田舎者のM君はお嬢様にあこがれてしまって、酔った勢いでお嬢様の家の塀をよじ登って、父親に追い出された。

M君のことをフビンに思ったぼくは、神社の境内へM君をさそって、五人の男友だちと一緒にトリスウイスキーを飲んだ。つまみは300グラムのキユーピーマヨネーズだった。

M君よ、おまえが恋したのは青山三丁目のお嬢様じゃあない。お嬢様の家で出されたマヨネーズなんだよ。芝生の庭のテラスで食べたポテトチップスにかけられたマヨネーズに恋したのだ。ほのかに甘くてすっぱいマヨネーズに誘惑されたんだ。国粋主義者のおまえが、外国の味にはまってどうするんだ。
うんうんとうなずきながらM君はマヨネーズのチューブをちゅうちゅうすすりながら、ウイスキーを飲んだのだった。

渋谷のトリスバーへ行くと、「お通し」に出てきた焼きするめの上にマヨネーズがかけてあり、「ぼられそうだ」と用心した。マヨネーズは贅沢品で、エビフライや焼きそば、サラダなどにマヨネーズをかけると上等に思えた。

イタリアンドレッシングが登場すると、マヨネーズにかげりが見えはじめた。マヨネーズはカロリーが高いため、肥満の原因になるとされた。キユーピーはカロリーを半分にして、材料の卵黄からコレステロールをカットしたゼロノンコレステロール(通称ノンコレ)を発売して、マヨネーズはしぶとく生き残った。

ホテルの食堂へ行くと、ヒラメのソテーにホテル特製のタルタルソースが添えられているが、うまいと思ったためしがない。つーんと酸味のきいた昔のマヨネーズのほうに舌がなれた。

酒の肴がないとき、味噌をなめる。味噌をつまみにして日本酒を飲むのも悪くないが、ドイツ文学者の高橋義孝先生に教わったのは飯つぶだ。小皿に盛ったごはんを、ひとつぶずつつま楊枝でさして醬油をつけて酒の肴とする。

きゅうりを切って酒の肴にするとき、味噌をつけるが、味噌だけだと塩分が強いので、味噌とマヨネーズをまぜるようにしている。嵐山流は山吹味噌とキユーピーのノンコレを小さじ一杯ずつまぜあわせる。ここは、是非ともミソ味マヨネーズの開発が求められる。

マヨネーズ・チャーハンは私の定番で、油のかわりにノンコレを使う。フライパンを熱して、タマネギのみじん切りを加え、ごはんと一緒に炒めるだけ。マヨネーズには卵黄と酢と塩が入っているから、これだけでチャーハンになる。

生玉子にマヨネーズを加えて焼けば、一味違った玉子焼きになるし、ハンバーグの肉にまぜてもよろしい。

お好み焼きにマヨネーズをトッピングするのは定番となり、タコ焼きを買うとマヨネーズの小袋をつけてくれる店がある。あの小袋が好きで、スーパーへ行ったら10グラムパックの袋があったので買い求め、旅行カバンに入れて持ち歩いた。

マヨネーズ同好会の友人は、天ぷらを揚げるときに小麦粉とマヨネーズをまぜてコロモにする。ホットケーキを作るときは、粉と卵と牛乳にマヨネーズをまぜる。エビフライのパン粉にもマヨネーズをまぜる。なんにでもマヨネーズは応用できるのだ。ツナマヨネーズのおむすびは、コンビニの定番となり、子どもたちに人気がある。

で、気になるのはマヨネーズを作ったときに残る卵の白身である。白身をどうしているのか、と考えると夜も眠れなくなり、キユーピーに勤めていた高校の同級生の並木敏孝氏に電話をして訊くと「卵白は菓子、かまぼこ、ハムに使っております」とのことだった。「ちなみに卵のカラはカルシウム強化食品にしている」。

これで安心した。

青山三丁目のマヨネーズお嬢様は、いまはどうしているんだろうか。「わたしは女きょうだいの姉ですから、結婚する相手は、わが家の養子になっていただきます」といった。お嬢様に恋して塀をよじ登ったM君は、「立派な家の養子になりたい」と願ったのだろうか。M君は鉄の下駄をはいて歩く空手部の猛者であった。

夜中の二時に仕事を終えて、ウイスキーを飲むとき、神社の境内でM君とちゅうちゅうすすったマヨネーズを思い出す。ストレートでウイスキーを飲むと、喉がカッと熱くなって、なにかつまみがほしくなる。

それで、キユーピーからしマヨネーズのチューブをほんの少しすする。からしの味がきいたマヨネーズは舌をキックして、蛸の足みたいにレロレロと踊りだした。

ここでめでたく七並べ

インドを旅行したとき、古風な結婚式を見た。それは「七歩《しちほ》の式」といい、①新郎が花嫁の手を握って末長き幸福を誓い、②祭詞を朗読し、③花嫁の右足で石をふませて、④祭火を右廻りして、⑤五穀を奉納する。

ここから⑥「七歩の式」をとり行い、⑦新郎の家へ花嫁を迎え入れる。「七歩の式」は、花輪を首にかけた新郎新婦が祭火のまわりを七歩ずつ三周して、七つの誓いをする。それがいかなる誓いなのかは当人どうししかわからぬが、夫婦には「七年目の浮気」という症状があって、新婚夫婦の賞味期限は七年である。

七年ものの味噌は、七年もののウイスキーと同じく熟成していい味になる。しかし熟成と腐敗は背中あわせで、これが男女関係の難しいところ。

七五三の宮参りは、男児は三歳と五歳、女児は三歳と七歳とされているが、昔は男女ともに七歳で厄払いをした。七年たつと幼児が少年少女に変わるときだから、鎮守の森にお参りをした。人間の細胞は七年ぐらいで新品に入れ替わるという。現在の七五三は、着物業者と神主が結託した企画で、ヒット商品となった。

俳句の五七五は中七がポイントで、中の七字がへそになる。七言詩は七シラブルの漢字を基本とする中国詩。七不思議は七という数字が人間をひきつけるから成立し、六不思議や八不思議では、あんまり不思議に思えない。

七福神は、①えびす、②大黒天、③毘沙門天《びしゃもん》、④弁財天《べんざいてん》、⑤ほてい、⑥福禄寿《ふくろくじゅ》、⑦寿老人で、そこにエビテンやトコロテンが入閣する余地はない。

竹林には七賢人がいる。ギリシアにも七賢人がいた。いずれも限定七名様で、世界賢人会議と称して各国代表が集まってきても、数が多すぎてだれが賢人なのかわからない。

七堂伽藍はお寺の重要な建築物である。七大寺は奈良の南都七大寺で、①東大寺、②興福寺、③元興寺、④大安寺、⑤薬師寺、⑥西大寺、⑦法隆寺である。

七情は人間の感情で①喜、②怒、③憂、④思、⑤悲、⑥恐、⑦驚、である。生物学的にわければ三十情ぐらいあるだろうが、七情と枠をきめてしまったほうがわかりやすい。

では「親の七光」とはいかなる光か。社会的地位、金銭、家柄、学歴、勲章、政治力、品格、などが思い浮かぶが、具体的な権威の総合体が七色の光彩を放ち、つまり虹のようなものであろう。虹の七色（赤、橙、黄、緑、青、藍、紫）がさんさんとふりそそぐのが七光である。

「親の七光」に対して「親の七闇」があり、貧乏、無学、借金、暴力、夜逃げ、詐欺、窃盗がドブ色になって子に染まる。やだねえ。

春の七草は①せり、②なずな、③ごぎょう、④はこべら、⑤ほとけのざ、⑥すずな、⑦すずしろ、と覚えているが、実際に七草を見ても、どれがどれだかわからない。八百屋で売っている七草セットを粥に入れて食べるだけである。

秋の七草は①萩、②尾花、③葛、④なでしこ、⑤おみなえし、⑥ふじばかま、⑦ききょう、で、こちらは食べられない。夏の七草、冬の七草もきめてくれ。

七味唐辛子は①唐辛子、②ごま、③陳皮《ちんぴ》、④けしの実、⑤菜種、⑥麻の実、⑦さんしょうを混合したもので、目の前で七種を混合して売る店がある。これも正確にこの七種であるとは限らず、ようするに七味が入っている、ということで納得している。

弁慶は七つ道具を背負っていた。カマ、ノコギリ、木槌、斧、熊手、刀、あとはナギナタと推察するが、本物に会ったことがないから正確にはわからない。大工も七つ道具を持ち、泥棒も強盗も岡っ引きも七つ道具を持っていた。色事師だって七つ道具がある。

七変化《しちへんげ》は舞台の早がわりで、映画の七変化はひとりで探偵、運転手、老人、美青年、魔女、犬、電柱などに変身する。七種に変化するところがめでたい。

七頭というのは室町時代の名門七家で、山名、京極、一色、土岐、赤松、上杉、伊勢の名字をいう。知りあいでこの名字の人は、たしかに名家の気配がある。

からすはなぜ鳴くのか。それは、からすは山にかわいい七つの子がいるから、かわいいかわいいといってからすが鳴くのだ、と童謡にある。七つの子とは七歳の子ではなく、七羽の子であろう。

七度生まれ変わって国のために尽くすのは「七生報国《しちしょうほうこく》」で、国士が好む。七星といえば北斗七星、おななさまともいう。江戸の大火の犯人は八百屋お七、名作『楢山節考』は深沢七郎。好きな女優はナナ（ゾラ作）だが、これはとんだ七違い。

アメリカでは、野球の七回をラッキー・セブンという。スパイ小説なら「007」で、外国人も七が好きである。トランプを使ったギャンブルのブラック・ジャックでは「7・7・7」が強い。あ、一週間の単位も七日だ。週刊誌は一週間に一冊発行されます。

セブン・シスターズといえば石油の世界大手会社、メジャーです。黒澤明監督の

「七人の侍」をリメイクしたアメリカ映画は「荒野の七人」。バナナにもタヒチにも七が隠されていて、これは偶然だな。

世界の七不思議は①エジプトのピラミッド、②ローマの円形劇場、③アレクサンドリアの灯台、④中国の万里の長城、⑤イギリスのストーン・ヘンジ、⑥イタリアのピサの斜塔、⑦イスタンブールのアヤ・ソフィア寺院なんだって。

学生のころ、セブンといえば質屋へ行くことの隠語だった。シチヤだからセブンといった。

ウルトラセブン、セブンイレブン、マイルドセブンと英語のセブンもあるが、コンロの七輪《しちりん》はなぜ七輪かというと、炭代がわずか七厘《りん》と安くあがったから。貧乏人は「七厘の七賢人」。

と、トランプの七並べのように七にまつわる話を並べたのは、ムカシから七の字が好きだったからで、七転八倒しながら七づくしのゴタクを並べた。昔のパチンコ台で七・七・七が並べば玉がジャラジャラ出たもんなあ。

メモとる人々

いまは新聞記者や編集者がメモをとらなくなった。メモのかわりに小型のテープレコーダーを使う。テープのほうが正確だが、机の上にブキミな小型録音器をシズシズと置かれると言質《げんち》をとられる気がして、話が用心ぶかくなる。

昔かたぎの記者はテープを使わず、小さなメモ用紙に書いた。なぐり書きだが要点をおさえ、全容は頭の記憶装置へしまっておく。記事はメモを参考にして書けばいい。メモとりに夢中になっていると、相手に突っこんで聞くことがおろそかになるし、会話がはずまない。べつに容疑者を取り調べるわけではないから、なごやかに話しあうほうがよろしい。

かつて私が編集主幹をしていた雑誌で遠藤周作さんと横澤彪さんの対談をやった。担当編集者は渡邊直樹氏だった。対談収録後にテープレコーダーの電源が入っていないことが判明して、あわてた。

さあ、どうするか。渡邊氏はメモをもとにして、翌日までに対談原稿を仕上げて印刷し、遠藤・横澤両氏に渡した。訂正される部分は一カ所もなかった。その後、渡邊氏は「週刊ＳＰＡ！」編集長、「婦人公論」編集長など六誌の編集長を歴任し、大正大学教授として活躍した。

メモをテーブルの下に置いて、相手にわからないように書く人がいる。だれかというと私であって、メモ帳を見ずに書く。相手の似顔絵や着ている服まで描いてしまう。メモをとっているのが相手にばれ、「見せてみろ」といわれて差し出すと、「似顔絵がうまい」とほめられた。

べつに隠すわけではない。相手と話しながらポイントをおさえておくのである。話しながらメモをとるのは難しいので、うなずきながらメモをとった。

テープが役に立つのは会話するときだけである。散歩をしながら目についた花や草、人間、景色、暑さ、匂いなどはメモをとっておかないと忘れてしまう。そのためいつもポケットにはコクヨ小型ノートCampus 5号を入れて、気になったシーンを書きとめた。

列車で旅をするときは、駅売店、枯れ葉が舞うプラットホーム、駅弁、車掌の服、車輪がきしむ音、トンネルに入ったときの変化、橋を渡る音、窓から見える港町、原野、畑の作物、海、などをこと細かに書く。温度、車内販売の品、客の話し声、空模様、風、空気、町の匂いなど、気がつくままにメモしていくと、小さなノートは文字でいっぱいになる。山や町の風景を描いたときは、絵に川や山の名や走っていく自転車の形まで書きこむ。

これを一時間ほどつづけると頭が疲れてきて眠ってしまう。椅子に眠りながらも、尻の揺れ心地を頭に叩きこむ。紀行文というのはこの作業のつみ重ねで、旅さきでだれと会い、どんな旅館に泊まり、なにを食べたか、は二の次である。旅をしている夢うつつの時間をどれほど採集するかが紀行文の要諦である。

東京ならば山手線を一周するだけで一冊の紀行文になる。下車せずに電車内の気配や車窓、殺気、客の動向、すれ違う電車、おばさんの手荷物、差し込む光、思い出す事件、紫色の髪のおばさん、など、いろいろある。

メモ帳に書くだけではない。食事の領収書、野草、名刺、店の説明書、神社で占ったおみくじ、などをセロテープでとめておく。カメラは持ち歩かない。カメラで撮影すると、それで気がすんでしまうからだ。カメラに頼らず、文字でそれをどう書くか、が勝負となる。

芭蕉さんの『おくのほそ道』は四百字詰め用紙に書くと、わずか三十五枚前後である。紀行文と句が合体した句文融合の旅日記であるが、芭蕉の時代にはカメラがなかったので、いい場所に立つと、写真のかわりに句を詠んだ。『おくのほそ道』の俳句は、文字で撮影した名所風景と考えればよろしい。

まあ、どうさかだちしても芭蕉さんには勝てないが、芭蕉さんは『おくのほそ道』の取材メモを五年間頭陀袋に入れて持ち歩き、熟成させて、没する五十一歳のときにやっと完成して清書した。刊行は芭蕉没後七年め。

女性はいまでも、けっこうメモをとる。テレビの料理番組を見ながら、豚肉、タマネギ、レタス、ゴマアブラ少々とか、手もとにある紙に書いている。講演会に行くと、熱心なおばさまがノートに書きこんでいるから、最近はレジメを書いて、コピーを前もって渡すようにしている。

メモとりに関して忘れ得ない人は、テレビ演出家の通称ベンさんこと和田勉氏であった。ベンさんとよく会ったのは赤坂ＴＢＳの近くにある料理屋で、向田邦子・和子さん姉妹が経営していた。

ベンさんと酒を飲むと、やおら小さい紙を取り出して、いま、ジジ捨て山っていいましたね、とガラガラ声を出し「ジジ捨て山」と太い字で書く。ババ捨て山じゃなくて、ジジ捨て山かあ。ガハハハハ。

この調子で、こちらの話の要点を、目の前で書きとる。天下のベンさんにメモされると、なにか自分が上等な論を言った気分で、話すつもりじゃなかったことまでしゃべってしまった。メモされることに心地よさを感じてしまう。

話しているほうが興奮してベンさんの術中にはまっていく。これはメモ帳を使った和田式催眠術だなと感じいり、さっそくマネをすることにした。メモ帳に書かれた文字を媒体として、劇場型会話が成立する。

はじめて会う人は用心ぶかく、かまえている。メモ帳に書くと、めんくらう。インタビューする気はなく、たまたま食事をしているだけだが、金の話になったとき、メモ帳を取り出して「金の力」と書く。なるほどねえ。「金がなければこの世は闇だ」。ハイハイ。ここんところは前半は略して「闇」とだけメモした。「わしゃあ闇屋をやってたんだ」。あ、そうですかと聞き流すと「男の欲望は金と女だ」。たしかに、とうなずいて「金と女」とメモする。そのうち相手は絶好調となり、「この世では、あらゆることが金で解決する。金で不可能なことはない」。そうか、これにてこの人物の考え方がわかりました。

新門辰五郎と次郎長

浅草寺にお参りして、新門辰五郎（一八〇〇～七五）のことを考えた。辰五郎は浅草六区のテキ屋の総元締めであった。浅草寺境内の露天商から上納金が入り、銭を布袋に入れて押し入れに投げこんだ。年に三回は、銭の重力で押し入れの床が抜けたという。

江戸末期の侠客で、もとは町火消し、浅草十番「を組」の頭であった。大名お抱えの火消しと喧嘩をくりかえして男をあげ、乱闘で死傷者を出したときはいさぎよく自首して責任を一人で負った。江戸払いとなったが、あちこちと妾宅を泊まり歩いて再逮捕され、佃島の強制労働所送りとなりました。

佃島が火事で燃えたときに囚人は釈放されたが、辰五郎は逃げずに残り、油倉庫への類焼を防ぎ、北町奉行より特別に赦免された。無法者の面倒をよく見たので子分は三千人いた。

最後の将軍一橋慶喜《よしのぶ》に気にいられて、慶喜が京都へ行くとき「江戸前の気っぷのいい女を連れていきたいのでだれか紹介しろ」と頼まれた。急な話なので、いろいろ考えたあげく、「それならうちの娘お芳を差し出します」といって連れていくと、慶喜はお芳にひとめ惚れで、側室とした。NHK大河ドラマになるようないい話じゃありませんか。

明治二年、新門辰五郎は清水次郎長（一八二〇～九三）と兄弟分の盃を交わした。辰五郎は七十歳で次郎長は五十歳だから、次郎長が弟分になった。

次郎長は船持ち船頭の息子で、父親はどんなに海が荒れていても船を出し、雲不見《くもみず》と呼ばれていた。修業のため養子に出されたが、喧嘩ばかりして手に負えず、どこの家からも追い出された。賭場で争って人を斬り、もうこうなると止まらない。黒駒勝蔵との死闘をくりかえすうちに御維新となり、山岡鉄舟《てつしゅう》（一八三六～八八）と会ったときから運がついた。ヤクザ者を使いこなすのが明治の豪傑である。

鉄舟は通称鉄太郎という剣客で、めっぽう強い。両親を失ってから、ぼろぼろの服を着て、ボロ鉄と呼ばれていた。得意としたのは撃剣で、道場に来るものは相手かまわず闘う狂気の剣客となった。

弟が「素人を相手にしてなんの益があるか」というと「すべての場所が真剣勝負

だ」といってきかない。こわがって御用聞きの商人までが来なくなった。

鉄舟が一橋慶喜に従って水戸へ行ったとき、水戸ナンバー1の酒豪と飲みくらべた。相手が五升を飲んで退散したのに鉄舟は七升を飲んでひきあげた。ゆで玉子は一度に九十七個平らげたという。本当かな。

話はとぶが、東京駅のキオスクで売られているゆで玉子はべらぼうにうまい。新幹線のなかで、五個平らげて、七個は夜食用にしまっておく。

慶応四年、江戸城明け渡しのとき、鉄舟は「朝敵慶喜の家来山岡鉄太郎である」と大声をあげてのし歩き、それを見た西郷隆盛は「命もいらぬ、名もいらぬという男は始末に困るが、こういう男でなければ国難はこえられない」とほめた。これは『鉄舟随感録』に書いてある。

鉄舟は金貸しから千円を借りて、証文を書かなかった。金貸しが証文を請求すると近くにある紙に、「なくて七癖　わたしのくせは　借りりゃ返すがいやになる」と書いて渡した。

金貸しは、泣く泣く証文を持ち帰ったが、この紙を見た人が「書といい、文章といい誠に絶品だ、是非とも千円で譲ってくれ」といった。それを聞いた金貸しは証文を表装して家宝にしたという（『鉄舟居士の真面目』）。鉄舟は戊辰《ぼしん》戦争のとき、西郷隆盛と勝海舟の会談を手引きし、無私の精神で修羅場にのぞんだ。

鉄舟は、慶喜助命の談判で西郷に会うため静岡へ行ったのだが、官軍の銃撃を受けて、清水次郎長宅に泊まって養生した。その縁で次郎長と意気投合して、維新後は次郎長を使って富士山麓の開墾を始めた。

ところが次郎長はもともと博徒だから、明治新政府に逮捕されて懲役七年、罰金四百円をくらった。鉄舟は元藩士・天田五郎に書かせていた『東海遊俠伝』を刊行して、関係各庁に配布した。そこに次郎長の義理人情と男っぷりのよさを美談調で書き、あっというまに特赦放免にしてしまった。明治新政府の特赦第一号。巷間伝わる「次郎長物語」は、この本が原典である。著者天田五郎はのち次郎長の養子となった。

高校生のころの正月映画は次郎長シリーズであった。富士山を背景に、次郎長一家が、一斉に編笠を空に放るシーンがよかった。しびれましたよ。

今年の正月も、二代広沢虎造の浪曲CDを聴いてすごした。虎造が渋い声で唸るのがしびれる。

〽義理にゃ強いが、人情にゃ弱い、のが次郎長一家でこれが任俠のキモである。

御存知勝海舟は「男の中の男」である。西郷との会談により、江戸城総攻撃を避け、江戸の町は焼けずに残った。

若くして剣は免許皆伝。蘭学を学び、咸臨丸《かんりんまる》船長として渡米し、大政奉還を実現した。悠々と構えて、黒幕的重鎮に甘んじた。

勝海舟は、西郷と交渉したとき、もうひとつの腹があった。交渉決裂して官軍が攻撃してきたら、江戸の町を焼きつくし、房総の漁民が船を出して町民を救いだす。火を放つのは新門辰五郎である。金や火道具は用意してあった。

海軍奉行と、遊俠の徒と狂気の剣客が、網の目のように連携して画策する。週刊誌があれば、暗闇関係図を作って、ああだこうだと騒ぎたてたであろう。

西郷隆盛と勝海舟を主人公とした話は表側で、清水次郎長と新門辰五郎といった遊俠の徒と、山岡鉄舟を主役とした裏側サスペンスがいいんですよ。なんてったって山岡鉄舟だよ。

鉄舟の死が近いと知った友人が鉄舟の家に集まったとき、客のなかに三遊亭円朝がいた。鉄舟は円朝にむかって「俺が死ぬのを待っている客が退屈だろうから、なにか面白い落語を一席やってくれ」と頼んだ。

円朝は「できません」とはいえず、涙をボロボロ流しながら落語を一席やった。これも泣かせる話だが、さていかなる噺をやったのかがわからない。

恋する日本人

女を口説くのは、年をとると面倒くさくなって、根気がつづかない。それに口説いて失敗したらみっともなくて、世間体が悪くなる。いまどきの女は自分から恋の告白をしない。ひとまずは、ケータイのメールで連絡をしあうことが恋愛のはじまりになる。

私の世代はラブレターを書いた。女へ出したラブレターは相手の親に読まれてしまうし、うまい文章を書くと用心された。高校一年生の夏休み、音大附属高の女子生徒から、木かげの道でラブレターを手渡されたことがあった。

昔の女子高生は早熟で、積極的だった。ラブレターをくれた女子生徒は格別の美人ではなく、ちょうど私とドッコイドッコイのアンポンタン系不良であったから、女も「身のほどをわきまえているのだ」と感心しつつ、がっかりした。

いまは週刊誌で「60歳からのセックス」だの「死ぬまでSEX」など、シルバーセックス記事が大流行で、ひまを持てあました年寄りが近所の人妻に言いよって、ストーカーまがいのことをして訴えられた。なんでそんなに恋愛をしたがるんだろうか。日本人はいつごろからエロい民族なんだろうかと考えていたら『万葉集』があった。『万葉集』には恋の歌が多く、みんなだれかに恋していた。恋するときは当然ながらセックスがともなう。

「恋人がいないと生きていけない」というキャリア・ウーマンがいる。別居でもいいから「いつも誰かと恋をしていたい」というタイプで、恋人と別れると、すぐ、つぎの男を仕込もうとする。男を仕込み中のキャリア・ウーマンに会うと、「私はいま空き家よ」というから、じゃあ新しい男が見つかるまでの暫定愛人として短期臨時情人（SEX込み）となり、そのまま一年つづいたりする。男も女もおおよそ一年が賞味期限である。

暫定愛人はけっこう需要があり、色男にはあちこちから声がかかって、複数の掛持ちとなって、世間からはプレイボーイと呼ばれる。もてる男はうらやましがられるけれども、消耗品としての肉体と精神を酷使するため、プレイボーイの心はすさんでいく。

万葉歌人のプレイボーイは大伴家持《おおとものやかもち》である。家持の父旅人《たびと》は貴族のなかで政界ナンバー2の地位につき、家持が十四歳のときに没した。それで、美貌歌人の叔母坂上郎女《さかのうえのいらつめ》に歌の手ほどき、すなわち恋の手ほどきを受けた。

坂上郎女は穂積皇子《ほづみのみこ》と結婚して死別し、藤原麻呂《ふじわらのまろ》、大伴宿奈麻呂《おおとものすくなまろ》と結婚して別れた。宿奈麻呂とのあいだに生まれた大嬢《おおいらつめ》は家持の正妻となった。

マザコンの家持は、年上の女が好きで、やりたい放題。娘の大嬢《おおいらつめ》よりさきに坂上郎女《さかのうえのいらつめ》とできていたから、さあ大変。結婚した大嬢は、夫が自分の母ともSEXしているなんて耐えられませんよ。坂上郎女にしてみれば「死ぬまでSEX」ってことでしょうか。

家持と関係があった女は坂上郎女親子のほか、名前がわかっている女たちで十四人いて、いろんな女から「家持に贈る歌」（ラブレター）がきた。家持は出来のいいラブレターを集めて、『万葉集』へ収録した。そのひとりが笠女郎《かさのいらつめ》（「恋歌二十四首」）でした。

笠女郎の歌は「さしあげた形見の品を見て私を思い出して下さいね」という浮き浮きした気分からはじまり、家持がいっこうに会いに来ないので「あなたが恋しくて、幾月も身もだえてお待ちしています」と催促すると、かえって面倒くさくなって足が遠のいた。追いかけちゃいけません。古代社会の夫婦関係では、男は夜陰にまぎれて秘かに女のもとへ通った。

いくら恋の歌を贈っても無視された笠女郎は「私のラブレターをだれか他人に見せたでしょう」と疑いだし、「それでも命が絶えるばかりにあなたが恋しい」とすがりついた。笠女郎は、家持より年上である。

「私はもう千回も、恋で狂い死にしているのよ」と絶叫ストーカー調の歌を贈り、恋の妄執にとらわれたまま、「思ってくれない男を一心不乱に恋する私は餓鬼を拝むようなものだ」と怨んで、「もう生きていることはできない」と絶縁状を送った。

『万葉集』巻四（五八七〜六一〇）に笠女郎の歌が出てくる。

笠女郎の二十四首は①男を恋い慕う→②自分のラブレターを他人に見せたと疑う→③それでも恋しくてしかたがない→④頭がおかしくなって餓鬼を拝む→⑤怨みの絶縁状、という人妻失恋ストーリーとなっていて、その歌があまりにうまいので、家持は『万葉集』に収録してしまった。ひどいことをするものだが、家持は自慢したかったんでしょうね。プレイボーイは自慢したがるんですよ。

笠女郎《かさのいらつめ》への家持の返歌は二首あって、「二度とあなたには会えないと思うといらだたしいよ」と「いったい、なにをしようとして夫婦の契りを結んだか、わからない」と、そっけない。

もうひとり家持と恋仲となった年上の女に紀女郎《きのいらつめ》がいる。紀女郎は名家紀氏の出身で、のち平安時代には紀友則《きのとものり》や紀貫之《きのつらゆき》につながる。家持とつきあう前、紀女郎は安貴《あきの》王《おおきみ》の妻であったが、夫に裏切られて「紀女郎《きのいらつめ》の怨恨《うらみ》の歌」三首が『万葉集』巻四に出てくる。

こちらは笠女郎《かさのいらつめ》に比して歴戦の人妻であって、さしもの家持が苦戦した。夜陰にまぎれて紀女郎の家へ行っても、中へ入れて貰えないときがあった。女は相手を受け入れたあとでも、拒否権があった。まあ、いまもそうですけれど。家持は二十代前半で、紀女郎は三十代のはじめぐらいだった。

紀女郎の歌（巻四—七六二）は「私が年上だからいやというのではありませんが、セックスしたあとで、捨てられると淋しくなる」と、うまいところを突いてきて、家持は「あなたが百歳になり、歯が抜けて舌が出て、腰がまがっても、恋がつのる」とこれまた仰天の返歌をした。こんなことを言っていいのかね。いいのである。だって嘘なんだから。嘘をつかなきゃ女にもてません。

恋する日本人は、古代の昔からSEX込みで工夫してきた。家持はバクロ趣味があり、勝手に歌を使われた笠女郎《かさのいらつめ》はお気の毒だが、それによって古代人も嫉妬したり、すねてみせたり、ひらきなおったり脅迫したりと、性根がすわっていたことがわかる。

ただし、不器用で堅物の役人大伴百代《おおとものももよ》が、こともあろうに坂上郎女へラブレターを贈って、軽くあしらわれて恥をかいた歌が出てくるから、やっぱり女を口説くってのは手間がかかります。実直なる高齢者はお気をつけなさいませよ。

白楽天七十四歳の宴会

自分の人生をふりかえってみると三十代で気合いが入り、四十代はやりたいことだらけで、欲にまみれて生きてきた。目がギラギラして野犬のようだった。七十代は病気がちになり、体力も企画力も劣《おとろ》えた。五十代がいちばんよかった。六十代になると気持ちが淡白になって、金を儲けようという気が薄れた。頭はぼけていなかったから、山へ登ったり川で泳いだりした。のんべんだらりと酒を飲んで過ごした。定年退職する人にすすめるのは六十代の自在気ままな過ごし方である。

それ以前にもましてバカジジイとなり、白黒の判断がつかぬままあちこちを歩きまわったが、生活が破綻したわけではなく、生きる術は心得ていた。上等な料理にありつけなくても、粗食ばかりを食べる、ということでもなかった。

愛用する服は余るほどはないが、足りないわけでもない。自分本位に暮らして、旅に出て、酒を飲んで酔えば、ところかまわず寝てしまった。

安宿で毛布にくるまって眠った。

飽きるまで山々を眺めているうち、髪は白くなって、さて、これから何年生きられるだろうかと思いめぐらし、そんなことを考えたってどうなるわけでもなく、まあ気ままにいこう、死ぬときは死ぬんだから、このまま、このまま、このまんま……。

六十五歳になると若い連中とつきあわなくなった。もうこれ以上の友人はいらないし、気分のいい夜はひとりで過ごしたい。

と思うものの、友が没すると淋しくなり、紅葉した樹から葉が散り、風が吹くなかで白髪ジジイはたたずみ、月光を浴びて妙に淋しくなった。

枯れ菊や枯れた蘭の花をぼんやりと眺める日々を過ごしたのだった。

私は文筆を職業とすることを、ありがたいと感謝していた。

この年で病気にもならず、心がやすらぎ、拘束もされず、自由な境地を得て、欲しいものも減ってきた。家があれば冬は暖かく過ごせるし、一度の食事で一日中腹はみたせる。住まいが小さいなどと言ってはならない。寝るには一部屋あればよい。

と、書いたところで「どこかで聞いたことがある」と気づいた人もいるだろう。

そうです、これは中国の詩人白居易《はくきょい》（七七二〜八四六）こと白楽天《はくらくてん》のお言葉です。

「三十四十は五欲にひかれ……」は「耳順《じじゅん》の吟《ぎん》」で、白楽天は『論語』の「六十にして耳順《みみしたが》う」から引用して自説を述べた。

「バカジジイ……」は「洛陽《らくよう》に愚《ぐ》叟《そう》有《あ》り」の超簡単訳で白楽天は六十二歳。「若い連中とつきあわなくなった……」は「杪秋独夜《びょうしゅうどくや》」、「文筆を職業とする……」は「狂言《きょうげん》諸姪《しょてつ》に示す」で甥《おい》たちにむかっての言いたい放題でした。

白楽天は秀才中の秀才で唐代後期の超人気詩人だった。詳しくは川合康三訳注『白楽天詩選』上下（岩波文庫）を読めばよろしい。

白楽天の詩をいち早く読んだ日本人は菅原道真《すがわらのみちざね》である。『枕草子』には「文は文集《もんじゅう》、文選《もんぜん》」とあり、「文集」とは白楽天が書いた『白氏文集《はくしもんじゅう》』のことである。紫式部の『源氏物語』も白楽天の影響を受け、平安文学は白楽天ぬきでは成立しなかった。

という次第で、おりにふれて白楽天の詩は読んできたのだが、身を入れて読むようになったのは、六十六歳のときであった。「六十六」という詩がある。

六十六歳で心身の衰えを知って、どんどん時が過ぎていく。洛陽に帰って、いまは六十六歳になった。髪の毛は白くなり、池沿いの草は八回、九回と緑になり、子らはみな成人し、庭園の木は高くなった。山を見て岩によりかかり、水を引き入れて竹林に通し、その水音はいくら聴いても飽きない……。

六十六歳でもぜい沢な暮らしぶりなのは、太子賓客《たいしひんかく》という皇太子付きの官職にあっためである。官を辞したのは七十一歳で、そのときは法務大臣にあたる刑部尚書《けいぶしょうしょ》という役だった。七十五歳で没したとき「宰相《さいしょう》の官《かん》」という名誉号を追贈された。詩人でありつつ、官位が高く、わが身に比すと到底及ぶ人ではないが、その詩句は身にしみてくる。

七十一歳のとき、「達《たつ》なる哉《かな》、達なる哉、白楽天《はくらくてん》」で始まる「達哉楽天行《たつさいらくてんこう》」を作った。「達なる哉〳〵」とは「愉快なり〳〵」というほどの意味である。

愉快なり愉快なり白楽天、官を辞し、いまや庭は草ぼうぼうで、炊事場からは煙が立たない。厨房係は塩や米がないというし、手伝い女は服に穴が開いたと嘆くし、妻子の機嫌は悪い。七十一歳になって目はかすみ、頭はくらくらする。心配なのは、いま持っているお金を使い切れないうちに死んでしまうことだ。

ここで注目したいのは、貧乏になったと独白しながらも「お金を使い切らずに死ぬのはいやだ」というところだ。白楽天は正直である。老人は持っているお金を隠したがる。

日本のお年寄りは、貯金をいっぱい持っている。お金持ちほど貧乏のふりをする。その貯金は、さらなる老後のための生活費だが、あまりに大切にするあまり、使い切らずに死んでしまう。それは子らが相続で争うもととなります。

だから貯金は銀行からおろして、どんどん使っちゃいましょう。すでに、円の価値がさがってしまった。思いおこせば一九四六年の新円切り換えで、貯金は封鎖され、流通していた旧日銀券（お金）は同年三月二日限りで失効した。

使ってこそお金である。お金の儲け方を書いた本はあるが、お金の使い方を書いた本は少ない。ギャンブルでスッカラカンになるのも体力がいるが、もっとおだやかに浪費する。年をとったら浪費癖をつける。浪費するには精神力も体力もいる。老人がお金を使えば、日本の景気はよくなります。

浪費の達人白楽天は七十四歳のとき、自宅に六人の老友を呼んで宴会をひらいた。そのときの詩は「七人五百七十歳《しちにんごひゃくしちじっさい》」で始まる。

宴会に参加した七人の年齢は、八十九歳、八十六歳、八十四歳、八十二歳が二名で七十四歳が二名（うち一名が白楽天）。これを合計すると五百七十一歳だが、こまかい数字は切りすてて、五百七十歳。

白髪の七仙人は紫や朱色の服をまとって酒を飲み、存分に楽しんだ。なにしろ唐の時代ですよ。おりしも『白氏文集』七十五巻が完結した年でもあった。千百七十余年前の宴会です。

名刺の運命やいかに

イラストレーターや漫画家は名刺をくれるが、画家は名刺をくれない。歌手、俳優といった人は売れているほど名刺をくれない。「顔が名刺だ」と思っている。芸能人の場合は、事務所のマネージャーが名刺をくれる。名刺がないことが、芸能人のアイデンティティなのである。

これは業界のしきたりのようなもので、俳優や歌手が名刺を差し出すのは安っぽくなり、落語家の名刺も、いいような、いらないような感じがする。

名刺には肩書がつく。ナニナニ出版社カクカク編集長とか、ドレミファテレビ局ソラシド局長とかイロハニ物産ホヘトニ課長とか各種ありまして、ようするに組織に属さない人は名刺の作りようがない。

出版社に就職したとき、はじめて名刺を作ることになった。これで学生という不確定な身分から会社員になれた、という晴れがましい思いがあり、高校の同窓会で名刺を交換するときが楽しかった。

名刺はどんどんふえていく。大学教授、科学者、新聞記者、弁護士の名刺を貰うと利口になったようで、会社の代表取締役や銀行支店長の名刺は心強い。警察署長の名刺、地元の国会議員、外務省総務課、大蔵省大臣官房なんて名刺も効きそうな気がして、名刺ストック帳に入れた。いろんな業界の名刺がふえると、交際範囲が広がったような気になった。

そういった社会的権威がある名刺の中に芸能人だの作家だのの名刺がちらっと混じると、なんかこう、はなやかな気分になった。

ひそかにあこがれていたのは常務取締役という肩書であった。ジョームという言葉の響きに、実力でのしあがった気配がある。

専務嫌いになったのは、近所の八百屋のオヤジが社長と自称し、バカムスコを専務と呼んでいるのを見てからだ。それで、勤めていた会社を退職して小さな出版社を作ったとき、肩書を常務取締役編集長としたのだった。名刺を作ってみて「なーんだ、こういうことなのか」と納得して、すぐにあきてしまった。

そのあと編集主幹という閑職になり、会長より偉いのはなにかと考えて、象徴という肩書の名刺を作った。シンボルを象徴と訳したのは中江兆民で、象徴主義、象徴人類学、象徴派（ボードレールやマラルメ）といろいろあるが、「不敬デアル」という意見もあり、どっちみち印刷したのは二百枚だから、すぐに使いきってしまった。フリーになると、原稿を書くときの肩書を示せといわれて、文末に「祈禱師」と書いた。テレビに出て名前が知られるようになるとそれなりの名刺が必要になった。なんの肩書もない嵐山光三郎と印刷しただけの名刺だが、一カ月に五箱千枚のペースでなくなってしまった。

旅をすると名刺がすぐになくなった。会う人会う人が名刺をくれるから、一カ所で二十枚ぐらい使ってしまう。同じ会社の人で、ヒラ、主任、課長、部長、局長、あとはその中間のエグゼクティブ顧問だのアドバイザーだの、いろんな役の人と交換する。旅行に出るときは名刺を箱ごと持ち歩いた。居酒屋のオヤジまでが名刺をくれる。同行した将棋名人は「部長以下の名刺はいらない」と言っていた。はっきりしていた。

刑務所から出所した人が「前科七犯」という肩書の名刺を作ったら、一枚いただきたい。あとは、詩人という肩書の名刺は、やたらと迫力ありますよ。「詩人・清水次郎長」なんていいじゃないですか。電話は清水八九三局八九三番。

肩書がやたらと多い名刺、けっこう好きです。地方有力者で名刺の裏に、温泉芸者保存会会長、性犯罪防止協議会顧問、尾長鳥保存会会長、全国フンドシ愛好会理事長、早起き体操をすすめる会名誉顧問、山林組合相談役、なんてのがずらりと並んでいる。

大手出版社の編集局長をしていた友人は「男は名刺で勝負する」と断言していた。その人は「世間は私の名刺の肩書を見て判断する」のだから「名刺がすべてだ」といってはばからなかった。

ヨーロッパではトランプのカードに名前を手書きしたという。銅版画でバラの絵を添えた名刺を作った画家もいた。三百枚限定の番号入れ名刺なんて値がつきそうだ。ピカソの名刺、マティスの名刺、ゴヤの名刺、レンブラントの名刺があればいいのに。ということは、名刺を持っていない有名芸術家は一枚一万円かけた美術名刺を百枚つくって、形見わけのつもりで配ればいい。名刺は、古く中国では竹木を削って、そこに姓名を記したものであった。官僚社会では、面会するときに、この竹木の名刺を、しかるべき取次を通じて、権力者に渡した。

中国へ旅行したときは町にある名刺屋へ行って自分の名刺を作った。中国の漢字では、嵐山は岚山となる。その他住所表示や電話が中国簡体字になるので、これはレアものになった。

ブラジルの日系人が名刺をくれるとき、名刺の右上をちょっと折る。右上を三角形に折るのは、相手へ敬意を表することだが、同時に名刺の二次使用防止でもあるのだ。

世間に名が知られた人の名刺は、ニセの紹介状を作るときに使われるし、レストランやホテルでカードがわりに悪用されることがある。嵐山の名刺を使って東京のホテルに泊まろうとした客がいて、ホテルから連絡があって、被害にあわずにすんだ。

仕事場の住所や電話番号は出版社発行の手帳や文藝年鑑にのっているので、オープンである。名刺は儀礼的な社会慣習として使われるだけで、実質的には不用なものになった。

電話も、家に設置してある番号へかけてくる相手は、株の勧誘か不動産販売といった怪しい連中ばかりで、親しい人はスマホへかけてくる。

開発していただきたいのは、溶けて消えてしまう名刺。三年で蒸発してなくなってしまう名刺である。また、名刺を捨てるときは、必ず破くことが礼儀である。悪用されないために、名刺は破いて捨てましょう。

第三章　スーパー不良老人には驚いた！

年をとったらグレましょう

老人は不良でないと生きていけない。

不良は老人が生きていくうえのツールで、一番よくないのが「物わかりのいい老人」になることです。

年をとったらグレましょう。


財産がある老人は娘にねらわれる。ノーベル賞を設立した富豪ノーベルは、ウィーンの貧しい花売り娘に惚《ほ》れこんで、さんざん貢いだあげく脅迫された。純真な花売り娘は、ノーベルの死後まで財団にたかった。ロマン派の詩人のハイネは恋の詩集『歌の本』を書き、パリへ亡命して純真な靴屋の娘をひきとったが、娘の思いあがりにひきずりまわされて苦しみぬいた。

『資本論』を書いたマルクスは家政婦に手を出して男の子を生ませ、脅迫されて革命家エンゲルスにさんざん世話になった。エンゲルスは死ぬ寸前にマルクスの娘エリーナの訪問を受けた。

そのときマルクスは没していたが、エリーナはかねてより疑問を持っていたことがあった。それはマルクス家の家政婦が産んだ子の父がエンゲルスなのかということであった。家政婦に手を出したのは女にだらしないマルクス本人であったが、エンゲルスがマルクスをかばって、自分が父だと名乗っていたのであった。エンゲルスはすでに声が出なくなっていたので、

「マルクスがあの子の父です」

と書いて娘エリーナに示した。七十四歳のエンゲルスはこれを書いてからすっきりした。

偉い思想家は女で苦労してきました。情にほだされて恋におちて大変なめにあう。マルクスに先だつドイツの哲学者ヘーゲルは家主の夫人に手をつけ、子を産ませて法外な手切れ金を要求された。他者の領分に踏み込んで自己を失い、異質なものと和解することを番外編「ヘーゲルの精神現象学」という。

ドイツの偉人ゲーテは造花工場の娘を妻としたものの、妻はゲーテに資産があることをいいことに、妹、伯母、兄まで呼びよせて一緒に暮らして、ゲーテは家をとび出

した。

可愛い娘は化け猫になる。

ロシアの文豪トルストイはノーベル賞を二回も辞退した。八十二歳のトルストイは、四十八年間の結婚生活ののち、妻に別れの手紙を書いて家出をした。医師・娘・清書係の女性が一緒で、敵対したロシア帝国のスパイが尾行し、それを取材するメディアやファンなど二百名が同行した。史上最大の家出である。、十日後にのたれ死にした。大会社で役員をした人のなかには、自分が他者より優れていると過信して、妖怪系女子の罠にはまり、しっぺ返しを食う。それがわかっている人は自戒して自己をリニューアルします。

小説家の宇野千代は、生涯に四回結婚して四回離婚し、九十八歳で逝去した。人妻体験をつむほどいい女になっていき、晩年は京橋に「宇野千代きもの店」を経営して女性アコガレの人となりました。名作『おはん』は六十歳のときに書いた小説で、これが泣ける話なんですね。私は読みながら、文庫本の上にボタボタと涙が落ちてとまらなかった。

千代は山口県岩国市の造り酒屋の娘として生まれ、二十歳のとき上京して本郷三丁目のレストラン燕楽軒《えんらくけん》でウェイトレスをしていた。向かいに中央公論社があり、滝田樗陰《ちょいん》編集長を知り、今東光《こんとうこう》、芥川龍之介とも仲良くなって「本郷のクイーン」ともてはやされた。梶井基次郎が恋心を抱いたが、内向的な性格で告白できず、不良学生の今東光と親しくなった。今東光とデートして道を歩いているとき、千代は八百屋で二束八銭の葱を買った。デートしているとき「葱」を買う女なんてタダモノではなく、その話を聞いた芥川は「葱」という短編小説を書きました。

結婚した最初の男は東大生でいとこの藤村忠で、札幌へ行って五年間暮らした。千代は「時事新報」の懸賞小説に応募して一等に当選して「思いもかけぬ大金」（二〇〇円）を得た。二等は尾崎士郎、選外佳作は横光利一だった。家出するとき、千代は流しのなかに洗いかけの小皿を、水につけたままだった。

逗留した本郷の菊富士ホテルで知りあった尾崎士郎（『人生劇場』の作者）と情交を重ねて結婚（四年間）し、三十二歳のときフランス帰りの人気画家東郷青児《とうごうせいじ》と結婚（四年間）し、四回めは十歳下の北原武夫《たけお》（作家）で、二十四年暮らしてから別れた。北原が雑誌「スタイル」（千代が編集発行していた）編集部の女性とできて、妊娠させてしまった。千代は人妻であることにこだわらぬ人妻の代表でしょう。アッパレな女、です。

経済力がある女性は夫を囲うようになります。長野県諏訪《すわ》郡中洲《なかす》出身の平林たい子は名主の娘として生まれ、家が没落して、東京へ出て女給として働き、山本虎三と同棲生活したのが十七歳でした。

山本と起草した第四回メーデーのアジビラをまき、山本が検挙された。その後、内乱予備罪で妊娠したまま逮捕され、獄中の施療病院で女児を出産するが、二週間後に栄養失調で死んでしまった。山本が二年の獄中生活をおくっているあいだ、田河水泡《たがわすいほう》（漫画「のらくろ」の作者）と短期限定同棲、雑誌「マヴォ」の同人、岡田龍夫と短期限定同棲、つづいてダダイスト飯田徳太郎と本格的に同棲した。たい子は小肥《こぶと》りで豊満な肉体のセクシーな女性です。同棲した男との生活を暴露してそのディテイルを書くんだから、これは売れますわな。

そのうち山本虎三が出獄して、よりが戻るが同棲していた飯田徳太郎が納得せず、山本に殴りかかって大乱闘になっちゃった。たい子の乱行を見かねた雑誌「文芸戦線」編集人の山田清三郎《せいざぶろう》が仲裁し、喧嘩両成敗《けんかりょうせいばい》となりまして、「文芸戦線」同人の小堀甚二《じんじ》を紹介されて結婚した。小堀に向かって、たい子は、「結婚して、私を食わせていく自信はありますか」と質問した。甚二は「女ひとりを食わせられないのは男じゃねえや」とたのもしく答えたが、九州の炭鉱出身のアナーキストははなから、金をかせぐ気はありません。

たい子は昭和二十一年（一九四六）、小説『かういふ女』で第一回女流文学賞を受賞して、人気作家にのし上がりました。昔の男やいまの夫をモデルとして暴露的私小説を書き、やたらと面白いので、ガンガン売れた。やがてたい子が四十九歳のとき、夫甚二から、六年前に雇っていた家政婦とのあいだに四歳の女児がいることを告白され、二十八年間の結婚生活に終止符を打った。

もうひとり、近代文学史上の不倫不道徳妻として輝いているのは岡本かの子です。大地主の家の長女として生まれたかの子は、特異な容貌ながらわがまま放題に育ち、谷崎潤一郎はかの子のことを「白粉デコデコの醜婦」と酷評したが、上野の美術学校出の美青年、岡本一平がひとめ惚れして結婚した。いまでもそういう趣味の男子がおります。一平と結婚して二十二歳のとき長男が生まれた。これが画家の岡本太郎です。岡本一平の漫画が売れて収入がふえると、かの子は早稲田大学の学生、堀切茂雄と不倫生活をはじめて、茂雄は三年後に疲れきって病死しました。すると慶應大学予科生だった恒松安夫《つねまつやすお》（終戦後の島根県知事）を同居させ、愛人として三角関係の共同生活をはじめたのです。一平はかの子に指一本さわらせてもらえない気の毒な夫ですが、かの子を「お嬢様」としてあがめていました。三十五歳のとき、かの子は痔《じ》の手術で慶應病院に入院し、外科医の新田亀三と恋におちいり、夫一平のほか二人の恋人と暮らす生活が四十八歳までつづいた。一夫多妻ではなく一妻多夫の逆ハーレムでした。

一平の漫画全集がベストセラーとなり、そのおかげで一家をあげてパリへ外遊したのは、かの子四十歳のときです。一平、かの子、太郎、恋人の新田亀三、恒松安夫が同行して、この旅で太郎をパリに残してきたので、没するまで太郎とは会えなかった。もう、どうなっちゃってるのかわからない。スキャンダルのレベルが別格です。かの子の本が売れるようになってから、自宅の一部を「文學界」編集部として提供し、川端康成《やすなり》、小林秀雄《ひでお》、林房雄といった大御所をとりこんで、金銭的援助をして「文学賞金」にあてた。

かの子の評伝は、夫の岡本一平や息子の岡本太郎によって偶像化され、瀬戸内晴美（寂聴）さんは『かの子撩乱《りょうらん》』という小説で、かの子の文学を一平との合作としています。

ノーベル文学賞作家の川端康成はガス自殺をした。社会的地位が不動のものでありながら死ぬ寸前まで孤独のふちから離れられなかった。

晩年の作『古都』は睡眠薬が書かせた小説だと当人が書いている。小説『眠れる美女』を読めば、康成が性的官能にどっぷりと耽溺していく願望がわかります。康成を、「日本の様式と伝統美を追求する作家」などと甘く見てはいけない。康成は『伊豆の踊子』から『雪国』をへて『眠れる美女』に至るまで、女体研究と官能秘儀を追い求めてきた作家なのです。

『眠れる美女』は、性的不能の老人が、若い娘に睡眠薬を飲ませて、その女体をいじりまわす話で、初期の『伊豆の踊子』と対《つい》をなす。康成は、ノーベル文学賞なんていうエラいものをもらって、「良識ある老大家」を演じることに辟易《へきえき》して、最後は意地でガス自殺をしてみせたのです。睡眠薬をウイスキーで飲み、ガス管をくわえて自殺する思い切りのよさは、なみのグレかたではありません。

絶望を克服して、死へ向かう猛進力は不良精神がなければ実現できるものではなく、七十三歳の老人の底力です。

康成が自殺したとき、森茉莉《まり》は「一つの異様なものが飛び去る形《すがた》を見た」と驚嘆しつつ、父森鷗外のひらきなおった死を思いうかべていたはずです。自殺する日、康成は、原稿を書きかけのまま、「ちょっとそこまで」と言って家を出て、通りでタクシーを拾って逗子マリーナの仕事部屋へ出かけた。康成のひらきなおりは、余人には真似できません。

永井荷風はプロの芸妓たちと同棲を重ねて、別れるときは弁護士をたちあわせて「手切れ金」を渡して念書をとりました。合理的で冷たいと言われるが、つぎからつぎへと女を渡り歩く荷風は、機嫌よくきちんと筋を通した。荷風の『断腸亭日乗』には、関係した女性十六人の名が出てきます。

昭和三十四年四月三十日朝、荷風の遺体は市川市八幡《やわた》の自宅で発見されました。七十九歳、だれにも見とられず、鍋釜《なべかま》が散らかった部屋の中で、吐血してうつぶせで倒れていた。文化勲章を受章し、多彩な女性遍歴を重ね、人間嫌いで、当時で二千万円以上の預金通帳を持った老大家の孤独な死は、世間の好奇の目にさらされるのに十分でした。

川端康成は「新聞のうつぶせの死骸《しがい》の写真に私はぎょっとした。言いようのない思いに打たれた」と感想を述べています。そのとき、康成の胸中に自分の死がよぎったのかもしれません。

アインシュタインは、いつもヨレヨレの服を着て平然としていた。お気にいりはとっくりセーターと開衿シャツで、着古した服を平気で着てボロ靴をひきずって学会へもどこへでも出かけたから、アカデミーの紳士たちに「非常識すぎる。才はあっても礼を知らない不良学者だ」とののしられた。靴下もはかなかった。一度、ムリをして靴下をはいたが「靴下にはすぐ穴があく。靴下がなくても靴をはけることがわかった」と大発見のようにはしゃいだ。理髪店へ行くのが嫌いで、長いモジャモジャの髪のままですませた。

ナチスがアインシュタインの首に五万マルクという賞金をかけたが、アインシュタインは浮浪者のようななりをしていたので、ついに見つかることはなかった。制服組はアインシュタインのような自由人を統轄できず、不良ときめつけて退治しようとした。

不良はいつの時代にも体制にさからって言うことをきかない。

アインシュタインが、着るものに非常識なので、思いあまって妻がタキシードを作らせました。アインシュタインは、人をつかまえて「私はタキシードを持っているぞ」と自慢するだけで、ついに一回も着ることはなかった。

画家のゴーギャンはパリの証券取引所に勤めてなに不自由ない生活をしていた。二歳下の妻とのあいだに四人の子がいて、証券取引所をやめてプロの画家になると宣言したとき、妻は「夫は頭がおかしくなった」と歎きました。

画家になっても絵は一枚も売れなかった。そのうち五番目の子が生まれ、二年後にゴーギャンはタヒチへ渡り、梅毒で死んだ。ゴーギャンは家庭人として失格者であったけれど、人間としては機嫌よく自己に忠実でした。

妻子を捨てて放浪したゴーギャンは、「ダメな男」の典型とされましたが、タヒチには立派なゴーギャン美術館がある。タヒチへ行ったとき美術館の入り口で、ゴーギャンの孫を自称している男が物乞いをしていました。観光用物乞いで、観光客はウキウキした気分でヤシの木の下に座っている男に金を与えた。私もあげた。客はゴーギャンの孫に金を恵んでやることで、自分のなかにひそむ不良性を退治するのです。ゴーギャンの孫に10フランをあげたとき、ゴーギャンの孫はこちらの心中を見すかすようにニッコリと笑った。

お金をもらうほうが精神的に勝っている。

種田山頭火《たねださんとうか》は托鉢僧《たくはつそう》となって、九州、四国を行脚《あんぎゃ》して歩いた。家々の門前に立って、米や金銭を貰い、その金で宿屋に泊まった。ある日、師の荻原井泉水《おぎわらせいせんすい》が、山頭火に

「物を貰うコツはなにか」と訊ねた。山頭火はすかさず「相手を呑みこむことです」と答えた。ふてぶてしいほどの不良です。

『アッシャー家の没落』を書いた小説家エドガー・アラン・ポーはアヘン常用者でした。『シャーロックホームズ』シリーズを書いたコナン・ドイルもアヘンの常用者だった。ゲーテは一日にワイン三本を飲みつづけるアルコール依存症で、医者に注意されて、一日一本に減らした。ベートーベンはアルコール性肝硬変によって死んだ。フランスの詩人ボードレールはハシシュの常用者であった。古代ギリシャの哲人ソクラテスはアルコール依存症で死んだ。オーストリアの作曲家シューベルトは十五歳のときから酒におぼれて、晩年は指にしびれがきた。

イギリスの小説家で社交界の寵児（ゲイ）だったオスカー・ワイルドはアブサンの飲みすぎで死んだ。ヘミングウェイはアルコール依存症で自殺した。フランス自然主義の小説家モーパッサンはモルヒネ、アヘン、コカインの常用者でした。当時の麻薬は、偏頭痛をおさえるための薬で、公認されていたから、みんなのめりこんでいった。

酒の歌人として知られる若山牧水は、二十代にしてアルコール依存症になり、旅行中は一日二升五合の酒を飲んだ。死ぬ寸前まで、医者に頼んで薬に酒をまぜた。臨終では、夫人が脱脂綿に酒をふくませて唇をふいてくれた。幸せな人ですね。末期《まつご》の水ではなく末期の酒です。牧水の死顔は、酒が入っていたため色つやがよかった。それで幾山河を越えて、行くさきざきで酒の歌を詠み、酒にひたって、ベロンベロン。

太宰治や坂口安吾は薬中毒であった。安吾さんは睡眠薬アドルムと覚醒剤ヒロポンの両方を使っていた。眠くならないようにヒロポンを打ち、眠るためにアドルムを飲んだ。当時はアドルムもヒロポンも薬屋で簡単に手に入った。アドルム中毒で入院し、伊東で温泉療法をした。軀によくないことを知っていながら薬をやめないのだから確信犯である。

では安吾文学に薬害による異常があるかと問えば、おどろくほど冷静である。薬害がはっきりとわかるのは芥川龍之介で、晩年の『歯車』にははっきりと出ている。では芥川の作品が堕落の産物か、といえばこれもそんなことはない。睡眠薬や酒に溺れなければ仕事ができないわけでもなく、それでもやってしまうのが小説家の性《さが》というものだ。山本周五郎が睡眠薬の常用者だと知っていささかおどろいた。あの山本周五郎ですら、です。

もうひとり気っぷのいい女をあげると、川上音二《おとじ》郎《ろう》の妻、貞奴《さだやっこ》。七歳から花柳界で育ち、十六歳のとき奴と名のって芸者になった。二十三歳のとき時流漫談「オッペケペー節」で政治や時流をからかう音二郎と暮らしはじめ、音二郎に連れられてサンフランシスコやパリへ行き、娘道成寺《むすめどうじょうじ》を踊った。音二郎が没したあと、貞奴は福沢桃介と浮名を流した。桃介は福沢諭吉の次女と結婚して、電力界の草分けとなった実業家だった。

築地料亭の女将《おかみ》が亡くなった葬儀の席で、山下汽船の社長山下亀三郎が、いたずら心をおこして、貞奴の背に「福沢桃介所有品」と書いた紙を貼りつけた。貞奴はそれを知らずに焼香してから人に教えられて、山下に「誰の所有品だってとやかくいわれることはありません」と怒りまくった。その怒りは尋常ではなく、だれがとめに入ってもおさまるものではなかった。

貞奴にしてみれば「所有品」と書かれたことが許せなかった。女は男の所有品ではない。いくら金を出してもらおうが、カラダの所有権を男に譲渡するわけではありません。貞奴は男に所有されるという意識はなかった。

私は七歳でグレて七十年余がたちました。七歳のとき、桃の花のように美人だった近所のお姉さんが、占領軍兵士にくっついて愛人になりました。「アイジンていいね」

というと、「わたしはアイジンではなくオンリーさん」だと注意された。

進駐軍がジープに乗って町をのし歩いて、日本人の子はみんな不良少年になりました。「おいらにジャックナイフひとつあれば、進駐軍と闘えるのに」と復讐心を燃やしつつも、アメリカ人になりたい、と願う分裂した精神構造で育ちました。

招集されて、九死に一生を得た父が復員したが、六年間戦地にいたので荒れていました。なにかあるとぶん殴られて、中学三年のとき、電気スタンドで頭をぶち割られ、こちらも逆上して蹴りを入れて大立ち廻りとなった。

中学時代はいちおう勉強にはげんだものの高校生になるとグレて、ああ、ちゃんと勉強しておけばよかったと気がついたときはもう遅い。

不良というツールを手に入れたのは就職してからで、それなりにグレまくって現在にいたりました。高校を退学してプロの極道になった同級生から「おめえはいつまで不良やってんの」と訊かれた。極道の世界にはサラリーマン社会以上に厳しい規律があり、私のようなその日暮らしの不良品は通用しません。

サラリーマン社会の男子が暴力団の紛争報道に興味を示すのは、抗争事件の「結着」を見たいからです。

暴力団の結着は、死をともないます。

サラリーマン社会には、生死を賭けた結着がなく、責任はうやむやとなり、だれが悪いのかがきまらないまま、紛争がおさめられます。サラリーマンの結着は、会社をやめてロンリーウルフにならないと決まりません。

長年勤めると紛争にまきこまれても、なにがなんだかわからないうちに終わってしまう。一人になるには不良の養分が求められるのです。

不良の先達は、作家や画家や音楽家などの自由職業系が多くなりますが、一人になるとやる仕事が限られてくる。年をとって機嫌悪くふるまうのが一番よくない。美術工芸の職人になったり、旅する詩人になったり、大泥棒になったりプロの武闘家になったりいろいろですが、日本では六十五歳をすぎると「無職」という職業がふえてきます。

無職の老人が機嫌よくグレるためには、意識改革が必要で、不良といったって、一定の準備が必要になる。四十代ぐらいからグレて暮らす道をひとりひとりが身につけておくのがいいでしょう。

年をとってから、いきなり過激な不良老人になるのはカラダによくないので、のんびりと、明るく、ほがらかにグレていくのがいいのです。

素性のわからぬ老人

町を歩く柔和な老人をなめて因縁をつけると大変なことになる。じつは空手の有段者で、まわし蹴り一発でぶっとばされてしまう。合気道達人の老人に、軽く手を触れられたら一秒後には宙に舞う。一見しておとなしそうな老人ほど隠し技がある。大声を出して、やたらと威張る老人にもいささかの注意が必要で、大声系は体力がないぶん日常の不満が暴発するとなにをしでかすかわからない。ただし、声で威圧するタイプは気が弱いので、うまくかわせばそれですむ。

通りすがりの素性のわからぬ老人は①愛想のいい詐欺師、②中小企業経営者を値ぶみする銀行支店長、③金の指輪をつけた金貸し、④突然暴れる性格破綻者、⑤緑色のスカーフをつけた結婚詐欺師、⑥ハンチングをかぶったロシアの秘密警察、⑦売れなくなった芸能人、⑧孤立無援の植物学者、⑨刑事を名のる掏摸《すり》、⑩失業中の極東手品団、⑪長年連れそった妻に逃げられた和食板前、⑫休職中の金魚売り、⑬呆けた天満宮宮司、あとは、⑭フッーに明るい不良老人（ノンキな父さん）。

六十五歳以上の老人に共通するのは非常識というウイルスである。ある程度の常識はわきまえているのだが、なにぶんポンコツであるため、ネジがとれたり部品が錆びて軸がゆるんだため常識と非常識の境界がわからなくなる。ジワリジワリと加齢進行して、約束したことを平気で破る。というより忘れてしまう。

討論好きの団塊の世代諸君は理屈っぽい性分だからやたら自分で言っていることもわからなくなる傾向があり、人間かくあるべし的発言が多くなる。

明るい不良老人願望が強いジンブツは「論争より趣味へ」と志向している。

おじいちゃんは自由に生きていける。いまさら「人間かくあるべし」と説教したって煙たがられるし、世間に迷惑をかけるだけだ。老人は趣味に生きればいいのです。

『超隠居術』を書いた坂崎重盛氏と、「隠居か道楽か」という論争をした。三年間論争して結論は出なかったが、老人の趣味には、それなりの修練が求められる。坂崎氏と私は編集稼業をしつつ執筆活動をつづけてきた。活動の共通項は①東京散歩、②山の湯探訪、③居酒屋めぐり、④古書店まわり、⑤銀座寿司店調査、⑥世界秘境視察、⑦「おくのほそ道」自転車走破、⑧山の湯句会、⑨大相撲観戦。

といったところである。さらに私の趣味を加えると⑩ローカル線の旅、⑪廃線旅行、

⑫芭蕉研究、⑬鏡花耽溺、⑭下駄の生活であろう。⑮競輪、⑯海釣りは十年間ほど夢中になって、やめた。

四十歳のころから、こういった道楽に重複してはまりこみ、それに関する本も書いた。私の場合は趣味と仕事が一致しているところが図図しいが、そのつもりで生きてきたのだった。しかしあれもこれもといろいろ手を出しすぎたので、「本業なんなのかね」と批判された。

世間では、なにか一貫した本職に殉じることが美徳とされ、私のように温泉めぐりをしたりマグロを釣って自慢しているような輩はろくなもんじゃない。自分でもそう思う。だけど、やってきたんだから、しょうがないのだ。そういう性分なんですよ。

江戸時代の二大道楽は釣りと園芸であった。牡丹や菊や蘭を育てる。盆栽は松や梅やけやきを陶磁器の鉢に栽植して自然の雅趣をたのしむ。亡父は盆栽に夢中になって三十鉢ほどを残したが、私はすべて枯らしてしまった。男の盆栽に対して、美的御婦人がたは「死ぬまでガーデニング」にはまる。妻がガーデニングにはまったら、夫は相手にされないから、なにをしてもよろしい。妻から自立するチャンスである。

江戸時代の道楽で社会問題になったのは博打《ばくち》であって、夢中になって身代をつぶしてしまう。つぶすほどの身代がなくてもあるぶんだけつぶしてしまう。「金があっても偉くない」という心情は貧乏人のひがみで、じつのところは、金はあったほうがいい。

趣味に生きることが老人の極意であるのだが、江戸の道楽で最悪とされたものは学問であった。豪商の息子が学問にはまったらさあ大変、何代もつづいた家がつぶれてしまう。ひとたび学問にはまると、書籍代をはじめ、資料収集、弟子の生活費、灯油代、紙代、墨、硯、筆などやたらと金がかかり、商売そっちのけで「もののあはれ」の研究に入りこまれたら商売はうまくいかない。学問にはまるくらいならば博打か女郎遊びのほうにしてもらいたい、と番頭は頭をかかえた。

『源氏物語』や『古事記』の研究で名を残した本居宣長《もとおりのりなが》は、豪商小津家復興のため伊勢から京へ出たが、学問に目がくらんで門人は多いときで四百八十人に及んだ。宣長は伊勢松坂で小児クリニックを開業しつつ五十三歳のとき、自宅に二階を増築して、その一間を書斎とした。その間に友人たちを集めて歌会を開いた。これぞ道楽の極致である。

部屋の柱に三十六歌仙にちなんで三十六個の鈴をつけ、赤い緒をとおした。鈴を鳴らして心をなごませたから、鈴屋《すずのや》は宣長の別号となり、没後には本居家の屋号となった。鈴屋からは本居大平、平田篤胤《あつたね》、伴信友といった俊英が出たからいいものの、昭和初期の大店からは、第二、第三の宣長が出現して莫大な財産をそれぞれ一代で食いつぶしてしまった。私の大学の恩師がそのひとりである。

小林秀雄は『本居宣長』（新潮文庫）で、言葉の世界へ回帰をとげ、やさしい言葉で、国語への信頼を語りつづけた。すでに読んでしまった人も、もう一度、この文庫本を読むことをおすすめします。

先日、松阪へ行って、本居宣長の奥墓《おくつき》に参詣した。宣長には二つの墓があり、ひとつは菩提寺にある一般参詣者用の墓だが、奥墓は急坂の山道を登りきった頂にあった。宣長の亡骸はこちらに葬られている。

宣長は、没するおよそ一年前に遺言書を著し、納棺、出棺、葬式の式次第、墓所の指定、墓石のデザインに至るまで細部にわたって詳述した。亡くなる前の三月には奥墓を訪ねて、大好きな山桜が植えられていることを確かめている。宣長を知らない人から見れば「通りすがりの素性のわからぬ老人」に見えたかもしれないが、言語学という趣味を学び、部屋で、三十六個の鈴を鳴らし、自分の葬式と墓のプロデュースをした。ということで本居宣長記念館の売店で鈴屋の鈴の復刻を買い求めて、書斎につるしております。

シルバーシートですよ

国立駅から東京行きの中央線快速電車に乗ると、すいていて、シルバーシートの左側に腰をおろした。シルバーシートは向かいあって三席ずつ、計六席ある。私の右隣は70歳ぐらいのおばさまで、その右は白髪の紳士だった。

向かい側には上品な着物姿の老婦人が座り、生け花の先生だろうか、野の花を紙袋に入れて、膝の上に置いていた。その隣は空いていて一番右には野球帽をかぶったオヤジがいた。

いずれも65歳以上の御老体と察した。電車が国分寺駅に止まると、上下白服の若い女性が空いているシルバーシートに座り、ケータイをピコピコといじりはじめた。若い女性のあとから乗ってきたお婆さんは、杖をついて、手すりにつかまっている。

そのとき、二つ隣にいた白髪の紳士が立ちあがって白服おねえちゃんの前へいき、お婆さんに席を譲るように促した。白服ねえちゃんは憤然として席を立ち、スニーカーをひきずって、奥の車輛に移った。

座っていた六人の高齢者は目を見あわせて、うなずいた。白髪の紳士は「ロンドンの地下鉄は車輛が満員でもシルバーシートは空けてあります」と遠慮がちにいった。この人はロンドン駐在の商社マンで、支店長クラスだろうと察した。

少しずつ混んできて、三鷹駅で大柄な愛嬌のある丸顔の老人が乗ってきた。昼の中央線は老人客が多い。野球帽をかぶったオヤジが立ちあがって、どうぞ、と席を譲った。丸顔の老人はとまどって「きみも年寄りだろう」と目もとの小皺をよせていった。いや、あなたよりは若いですよと野球帽のオヤジがくりかえして「そうかなあ」と丸顔の老人はふっくらとした笑顔で座った。

丸顔の老人はつぎの吉祥寺駅で降りた。そこへすばやく座ったのは、60歳がらみのちんちくりんなオバさんで、連れがふたりいた。ひとりは髪の毛を紫色に染めていた。同窓会の帰りらしく声高に話をしている。

新宿でロンドン帰りの白髪紳士が降りると、「ほら、あそこよ」と指さして、紫髪のオバさんが座った。紫色に染めた髪はパープルヘアーでシルバーではない。60歳はシルバーシートに座っていいんだろうか。

それで韓国のソウルの地下鉄を思い出した。60歳のときに、ソウルで行われたサッカーのワールドカップを見にいって、地下鉄で席を譲られた。サッカー場へむかう地下鉄は満員で、吊り革につかまって立っていると、茶髪のアンちゃんがゆらりと立ちあがって、どうぞという仕草をした。

そのアンちゃんは筋肉ムキムキで、日焼けし、耳にピアスをつけ、首に金のネックレスをつけていた。ガラが悪く、ちょっと見は不良のつらである。すすめられるまま座ったが、ふにおちない。

混んだ車内で席を譲られる年齢になったのか、という感慨があった。自分では老人とは思っていなかったので、若い連中に負ける気はしなかった。ケンカを売られたときは、どう逆襲するかをいつも考え、からだを鍛えていた。

体力も気力も充実し、まさか席を譲られるとは想定していなかったので、「ついにそういうときがきたのだ」と観念した。

それも、日本ではなく韓国である。韓国には「老人を大切にする」儒教の伝統があるのだ、と感じいり、思いもよらぬ事態に動転しつつも、茶髪のアンちゃんに感謝した。

ソウルのあと、テグ、ウルサンでのサッカー試合を見て廻ったが、韓国のアンちゃんはいずれも礼儀正しく老人に親切であった。

その三年後、ロンドンのイギリス庭園に行った。入園料を払って歩き出すと、若い女性が大声をあげて追いかけてきた。なにか問題があるのか、と立ち止まると「あなたは老人割引があるから、三割ぶんのお金を返す」ということだった。見ただけで60歳以上と判断された。

鉄道でイギリスの各地を廻るとき、老人割引切符があった。ミュージカルの当日券にも老人割引があった。そうこうするうち、割引は老人の正当な権利だ、と確信するようになった。

シルバーとは高齢者のことだ。シルバーシートは和製語で、老人や身体の不自由な乗客などを優先的に腰かけさせる座席である。日本人は銀髪というよりもグレー系が多い。グレーシートとすると、問題がありそうだし、ハゲ爺さんはどうなるのか。えーおい、ピカピカシートというのを作れという御意見もあるでしょうが、シルバーときめてしまったんだから、これでいくしかない。シルバー人材センターもある。

私はシルバーシート不要論者であった。なぜならすべての席がシルバーシートであるからだ。シルバーシートがあるからそれ以外の席は老人に譲らなくていいという風潮がおこる。だからシルバーシートは不要としたのだが、これは頭で考えたリクツで、実情としてはあったほうがいい。あとはゴールドシート（80歳以上）、プラチナシート（90歳以上）、といくつか考えたが、なんだかクレジットカードのようだ。新宿から、ピンク色のベビーカーを押した60代のオヤジが乗ってきて、私の前に立った。フリルがついた大型のベビーカーだった。

ゴマ塩頭で色浅黒く、額《ひたい》がせまく、見るからにやつれた老人だった。服は汚れ、調子の悪い歩きぶりで茶色の目玉をギョロつかせていた。見ためより若いのかもしれない。

腰をかがめて吊り革につかまっているから、席を譲ってやろうかと思った。この歳でベビーカーをひきずっているのは、なにかの事情があるのだろう。若い妻君とのあいだに子が生まれ、子を置いて逃げられてしまったのだろうか。あるいは自分の娘の子を預かっているのかもしれない。

どっちみち、つぎの四ツ谷駅で降りるのだ。電車が四谷見附のトンネルを抜けて駅に着く寸前に立ちあがった。私は下駄をはいている。手すりにしっかりとつかまらないと、よろけてしまう。そのとき、ベビーカーの中が見えた。そこではラブラドール犬があくびをしておりました。

シルバーシートという言葉は日本独特の用語で、老人や妊婦、身体の不自由な乗客を優先的に腰かけさせる座席である。シルバーシートに座るのは六十五歳以上と考えていいだろうが、六十五歳を老人と規定されることを嫌う人は座らない。還暦を迎えた老人には赤いレッドシート、という考え方もあるが、レッドカードみたいで座りたくないね。五十代で文句ばかりいう人にはイエローシート、四十代のオヤジにはオレンジシート。そういやグリーンシートというのは一等車のことか。ブラックシートはギャング用。

友人のタイモン・S氏はロンドン大学教授で日本語を自在に話す知日家であるが、で、シルバーシートが、身体の不自由な人にゆずる席、というところに注目した。イギリスは高齢者福祉が確立していて、公営施設、映画館、劇場などに老人割引がある。しかし、シルバーといえば、冒険少年小説『宝島』に登場する海賊ジョン・シルバーを、思いうかべるという。イギリスのスティーブンソンが書いた『宝島』は、宿屋の少年ジムが、宝島への探検に出かける話である。

船には一本足で松葉杖を上手に使ってとびまわるシルバーという料理人がいて、その正体は海賊であった。宝を自分たちのものにする海賊のボスで、ハラハラドキドキのスリルとサスペンスがある物語だ。小説『宝島』の悪のヒーローがシルバーなのですよ。

してみると、シルバーシートとは、ジョン・シルバーの席ということになる。日本には、シルバー産業やシルバー人材センターやシルバーパスもあるんだぜとタイモン・S教授に説明して、銀座のビヤホールで乾杯をした。

タイモン・S教授はいつもはジーンズにTシャツ姿だが、イギリス大使館が開催する公式宴会にはタキシード姿で参列する。江戸時代の風俗や習慣に詳しく、日本の版元から単行本も数冊刊行している。京都にある国際日本文化研究センター（日文研）教授。その日は、京都の銀閣寺を見物してから東京へ戻り、ロンドンへ帰る前夜だった。

そういえば銀閣寺はシルバーテンプルデース。足利義政が山荘として造営した寺デスネ。臨済宗の慈照寺デース。ワタクシは金閣寺より銀閣寺のほうが良いと思いマース。

タイモン・S教授がビールを飲みながら、シルバーテンプル・アズ・ナンバーワンと人差し指を立てた。金閣寺も臨済宗の寺で、こちらは足利義満が造営した。同じく禅寺で、禅の文化の寺なのにキンキラなのはナゼデショーカ。ここで生ビールをおかわりしてカンパーイ。えーとですね、オリンピックでは金メダルが一位で、銀メダルが二位ですね。義政は貧乏だから金を手に入れられなくて銀にしたんだよ。と私は自説を述べて、ビールの肴を注文した。お、銀ダラの西京焼きがありましたよ。これを注文しましょう。オー、銀ダラはシルバーフィッシュデース。京都の料亭で食べましたよ。こげないようにコンガリと焼くのが難しい、カンパーイ。

ここは銀座ですね。シルバータウン。シルバータウンで、シルバーフレンド（私のこと）と、シルバーフィッシュを食べました。シルバーテンプル、シルバータウン、シルバーフイッシュ。ジョン・シルバーは悪いやつ、アラシヤマはシルバーヘアー。頭を使うから頭髪は白くなるの。だけど下の毛は黒い。下は使わないから（これは高平哲郎説）。

銀座を歩くことを銀ブラというんだぜ。いまはぶらり旅が流行ですが、銀座は昔からシルバーウォーキングしてんだぞ。

ロンドンを歩くのはロンブラか。

ひと昔前の東映映画に、「夜の銀狐」というのがありましてね、梅宮辰夫が夜の銀座クラブで飲むシーンがとっぽくて、ホステスたちをブイブイ泣かせたんですよ。「夜の銀狐」は、ナイト・イン・シルバーフォックスでいいんですかね。そんなことはどうでもいいの、はい、わかりました。ロンドンに夜の銀狐が現れたら、ロビンフッドに撃ち殺されちゃうんですか。あ、そうなの。

銀ダラの西京焼きがきましたよ。半分こね、箸で割ります。こういうのは、ひとつの切り身を半分に割るところに、シルバータウンの粋があるんだな。あちちち。熱くてほくほくしててごはんを食べたくなる。

ごはんのことを銀シャリ、っていうんだよ。ニホンデワギンシャリト、イイマス。あ、こっちがなまることはないか。

舎利は死骸を火葬にしたときに残った骨。だから銀シャリはシルバーボーン。え、こんなこともどうでもいい、と。

失礼いたしました。

じゃ、銀幕って知ってますか。シルバーカーテン。ははは、さしもの教授もわからないか。シルバースクリーンのほうがいいかな。映画を銀幕っていうんだよ。

ビールおかわり！

ギンギンに冷えたビールがうまいんだ。

あらま、ギンギンだからダブルシルバー。

シルバーシルバーに冷えたビールです。

日本には、きんさん、ぎんさんという長寿の姉妹がおりました。ゴールド・アンド・シルバーシスターズ。なんか歌手みたいでしょ。G&S姉妹。

雪が降ったら銀世界。あたり一面シルバーワールド。シルバーマウンテンからシルバーリバー、天の川ですね、が流れてきて、オールシルバー。きれいな言葉だろ。白世界じゃなくて銀世界というところがいいや。浅草にはキャバレー銀世界というのがありました。じゃなくて新世界でした。プハーッ。

とひといきついたところでタイモン・S教授が、バンクは銀行デース。銀貨もイギリスのほうが古いデース。日銀はジャパンシルバーバンクで、大蔵省専用という感じデース、とうなずいて、ポケットから銀時計をとりだして、そろそろ閉店のお時間です、とうながした。

以上、日英シルバー合戦でした。

人生おまかせコース

芸能人がマネージャーを必要とするのは「自己決定」ができないからだ。
大物になるとマネージャーを五人ぐらい連れて歩き、ボディーガードをさせている。マネージャーが多ければ多いほど芸能人の格はあがり、有名芸能人ほどバカ化していくのである。個人事務所のスタッフ全員がマネージャー役をしているケースもある。マネージャーは、芸能人の年間スケジュールを管理調整し、これから進むべき道をプロデュースするためだ。芸能人が「自分で決めている」つもりでも、実際にはスタッフが決めている。

現代人は、自分がやりたいことを、自分で決めることができず、まあ、昼飯を焼き魚定食にするか、牛丼にするかぐらいの判断はできる。

学校を卒業して会社に就職することは、決裁を他人にまかせる第一歩である。企業の論理と自分の考えがぶつかれば、退社するか、忍従するかのふたつにひとつである。

ほとんどの人が忍従するために就職するので、会社にいるあいだに大した決裁はできない。

会社の幹部は「アイデアを出せ」「実績をあげろ」という。「不況に耐える体力をつくれ」「新時代のシステム」「技術革新」といろいろの注文をつけるが、そういうお題目を唱えることじたいが「幹部のパターン」であって、自己決裁をしていない。会社で役員になるコツは大した自己決裁をせず、敵をつくらずにバランスをとる体力にある。自分の正体を消して、目立たない。

なにがなんでも自己流を実施したい人は、独立してベンチャー企業をつくる。独立すれば「いい人」ではすまず、異星人感覚を身につけなければ生きていけない。平気で敵をつくる。時流に乗れば名声があがるが、成功するほど「自己決定」ができなくなる。自分で決定することがストレスになり、いらだって神経衰弱になる。

それで占いにすがる。

占いには「自己決定」できない人を一定の場所へ向かわせるやわらかい引力がある。迷っている人の背中を、トーンと押してくれる。雑誌や新聞の人生相談が盛んなのも、迷える人がいかに多いかの証左である。新興宗教が繁昌してなにごとも神様におまかせする。

寿司屋へ行くと、おまかせコースというのがあって、これが通だとされている。なじみの寿司屋のカウンターに座って、黙っていても好みの酒肴が出てくるまでは一定の時間がかかる。板前がこちらの好みを知っているから「おまかせ」することができる。

はじめての知らない寿司屋に入った客が「おまかせ」というのは感心しない。カウンター席は、わずかに「自己決定」ができる場所で、ガラスケースに入ったネタをジロジロと見て、ヒラメとアジとサバを注文する。初めての店は「おいくらかね？」と値段まで訊いてしまう。値も味のうちだ。寿司屋でびくびくしていると、職人は勘がいいからそれに気づいてしまう。

ヒコーキに乗るときは、命をパイロットに預ける。聞かれなくてもおまかせであるが、スチュワーデスに、「おまかせコースでお願いします」とはいわない。マッサージじゃないんだからね。で、スチュワーデスがやたら愛想がいいと、「なにか裏があるんじゃなかろうか」と勘ぐってしまう。新幹線に乗るときは運転士におまかせ、バスやタクシーに乗るときは運転手におまかせ、連絡船に乗るときは船長におまかせで、この世にはおまかせだらけ。

銀行にお金を預けるのは銀行を信用しているからで大切なお金をおまかせしている。

しかしブラックマンデーの再来があるという噂を聞くだけで、大丈夫だろうかと不安になる。なるようになるだけだから「時代におまかせ」するしかない。

さて私はいつごろから「自己決定」できるようになったか、と考えた。会社にいるときも、それなりに「自己決定している」つもりであったが甘かった。

やはり会社を経営してみなければわからない。

真に自己決定したのは三十九歳のとき、七人の仲間で出版社をつくったときになる。長原の八百屋の二階の木造倉庫を借りて、おんぼろ会社をはじめたときはとても楽しかった。

仕事の結果におこることはすべて自分の責任である。と七人の全員が覚悟していた。血盟団みたいな仲間だった。

しかし社員がふえてくると、私は「自己決定」できなくなった。自分の方法を通すより、他者の意見を聞いてまかすほうがいいと思った。

赤坂八丁目に個人事務所を開いて、せっかくつくった会社に籍を置きながら、文筆業者となった。「自己決定」したのはそのときかもしれない。

出版社を経営して味をしめると、原稿など書く気はおこりません。自分で原稿をシコシコ書いている時間があったら優秀な作家を探してきて頼んだほうが早い。私が編集している雑誌の原稿料のほうが、私が得る原稿料よりずっといいのである。それでも文筆業として食いつないだのは、やりたかった仕事はこれだ、と気がついたからだった。

ひとりになれば、すべてが「自己決定」で生きることになると思ったら、これが大間違いだった。印刷、製本、取次店、書店がなければ、嵐山という存在は成立しない。ここにおいても、書いたあとは「おまかせ」という次第で、どこまでいっても決裁できない。

死は最後の自己決裁という気もするが、遺体を焼いたり葬式をしたりするのは他者だから、これまた「おまかせ」するしかありません。

いつ死んだってよくない

よく「いつ死んだっていい」というけれど、あれは嘘ですね。ムード歌謡で人気を得た女性歌手が、テレビの歌謡番組で「いま、天井から岩が落ちてきて死んでもかまわない」とニヒルに発言して、「わあ、言ってくれるなあ」と共感しつつ、「でも、殺されそうになったら逃げるだろう」と思った。

女性歌手のいささか不謹慎な発言は、時代の気分を代弁していた。

私が番組のディレクターならば、女性歌手の頭に、発泡スチロールで作ったでかい岩を落として

「こりゃまた失礼いたしました!」

とクレージー・キャッツ風のギャグを入れただろうが、あいにくと私はテレビディレクターではなかった。

あのころは町の気分が荒れていた。

会社の気分も荒れ、私のココロも荒れていた。「いつ死んだってかまわねえや」という厭世観があった。

友人のなかにも「いつ死んだってかまわない」症はいて、宝石商となって巨万の富を得て、アフリカへ渡った猛者もおり、先祖代々の財を放蕩しつくしたあげく孤島で暮らす者もいれば、ダイエット薬を販売して金儲けした人もいる。

さまざまである。みなさん七十歳をすぎてもお元気に過ごしており、健康食品メーカーの社長は40代の元ファッション・モデルと再婚し、夜の営みがあんまり気持ちがいいので「いつ死んだってかまわない」んだって。厭世観ではなく、自慢でそう言っている。

南の島で元美女（六十二歳）と暮らす友人は、毎朝、島の海岸を一緒にジョギングしており、「私たちの性生活を雑誌で取材させてやる」と申し入れてきたが、丁重にお断りした。「いつ死んだってかまわない」というのは、ペシミズムのふりをした楽天家の発想なのであった。

時代の不安は刹那主義となり、今のことしか考えない。

私もそういう性分で、坂本九が「明日がある、明日があるさ」と明るく歌うのに腹がたった。私の世代は「あした」という虚構の餌につられて、ありもしない「あした」にだまされてきた。

それに対し森進一は「明日はいらない、今夜が欲しい」と叫ぶように歌っていた。「あした」という幻影よりも「今夜」という確実なものが欲しかった。

私はいまなお「未来」という言葉に強い嫌悪をおぼえる。

現実の社会は苦のほうが楽よりも多く、悲観的になって、七十歳の坂をこえるのはそれなりに命がけであった。

死ぬ気はなかったが、死ぬほど仕事をしたのは三十歳以降であった。雑誌を編集発行して一日の睡眠が四時間だった。男ざかりで、体力も気力も充実していたから、つらくはなかったが、根性でやりぬいた。

そのうちバケツ一杯吐血して失神し、救急病院に運ばれたときは「死んでたまるか」と思った。「もう一度吐血すれば死ぬ」と医者にいわれて、十一年後に再び吐血したが、命はとりとめた。

それからは湯治場めぐりを十年つづけて、だましだまし仕事をしてきた。

湯治の効力はめざましく体力はミルミル回復し、潜在していた不良成分が熟成して不良中年となり、明るい不良老人となった。七十歳をこすと、グレていた友人がバタバタと他界し、淋しい思いにかられる。葬儀に参列しながら、つぎはだれの番かなと思う。

葬儀に来る客は、いずれも私より若い。たまに私より高齢者がいると「あちらのほうがさきにいくな」と思って安心するが油断はできない。八十歳をすぎてもバリバリ仕事をしている人がいて、挨拶して「どれぐらい弱っているかな」と観察すると、「いや、もうヘロヘロですわ。立っているだけで目がくらみます。では、おさきに」と、かわされる。

これは弱っていると見せて、こちらを油断させているに違いない。その人は、さらにその上の九十歳代高齢者を見つけて観察していた。

高齢者にとって、葬儀は自分よりさらに年上の人を見つけて、「あちらがさきに他界する」と観察する場でもあるのだ。杖をついて焼香し、よろよろと退場するのも芸のうちで、いまにも倒れそうな老人が、公園の朝の体操会なんかにきているんですよ。

私は七十五歳まで生きればいいと思っていたが、八十五歳までのばすことにした。年をとると気が変わって、もっともっと生きたくなる。

近くの公園から松ぼっくりをバケツいっぱい拾ってきて、百個ぐらいの松ぼっくりを七輪《しちりん》に放りこんで燃やした。松ぼっくりの焚火である。

枯葉と細い枯枝を七輪の底につめて火をつけ、松ぼっくりをひとつずつ入れて死んだ人を思い出して供養する。これを松ぼっくり供養と名づけた。

死んだ同僚、小説家、編集者、テレビプロデューサー、の顔を思い浮かべながら燃やしていく。中学校の先生、俳人、詩人、画家、イラストレーター、恩をうけた人の顔がぽつぽつぽつと浮かぶ。

この七輪は能登半島、珠洲《すず》の地下三〇メートルから採掘した珪藻土《けいそうど》を使っている。切り出した珪藻土のブロックを丸く削り、中を電動ノミでくりぬいて風口をあけ、八〇〇度の窯で焼く。通称切り出し七輪という。

外は北風が吹いて寒い。

松ぼっくりはマッカになって燃え、煙が天に昇っていく。松ぼっくりの焼ける匂いが鼻をくすぐった。

敵対することが永遠の友情である

寄稿した月刊誌の編集部から近況を百字以内で書けと注文されてガクゼンとなった。いまの私には近況というものがない。どこからが近況なのかがわからない。年をとると月日がたつのが早く、あっというまに近況が去っていく。新幹線の窓から見る風景みたいに、ビュンビュン飛んでいく。

会社をやめたころ『優雅な生活が最高の復讐である』という本を読んだ。タイトルが気にいって「よーし、これでいこう」と根性を入れて走りまわっているうちに金まわりがよくなって、身分不相応に遊んだ。

なんとなく復讐した気分だった。

さあ優雅に暮らそうと考えたが、なにが優雅なのかがわからない。上品でみやびな生活というのは似合わないし、もともとガラが悪いから、下駄ばきでアロハシャツを着て過ごした。

よくよく考えてみると「最高の復讐」の中味がわからなくなった。

復讐する対象がいないのだった。

フツーの中産階級の家の子に生まれ、ボンクラな小学校時代、チンピラな中学生、アンポンタンな高校生時代をへて、ペラペラの大学生になり、就職してからは目がくらむほどの闘いの日々を過ごした。退職してだれかを憎むということはなかったし、喧嘩した相手はかえって仲良くなった。

復讐するとしたら、じだらくに生きてきた自分、という気もするが、反省することはあっても、復讐するほどではない。三十代の私はじつのところ「優雅な生活」を軽蔑していたことに気がついた。優雅に生きてどうするんだあ、この世は混沌だ。アングラの沼に入るぞ、ズブズブと沈んでいくつもりでいたのに、「最高の復讐」という言葉にひきずられた。

「敵対することが永遠の友情である」。と血がさわいで退職し、職安へ行くと職員は私の態度に腹をたて「あんたに紹介する会社はない」と言って、失業保険金を貰えなかった。本当なんですよ。いまは考えられないが、職安担当官の気分ひとつで対応が変った。

失業保険を手にした同僚は、立ち食いそば屋でネギを大量に盛って食べ、くさい匂いをぷんぷんさせて職安の職員に息を吹きかけるのがいいと言った。世間の冷たい風にあたって、漠然と優雅な復讐を誓うのも情けない話であった。

六十代になるとふたたび貧乏になったが、赤貧洗うがごとき貧乏でもなく、赤貧を洗うときはタワシでゴシゴシとこするんだろうかと思案し、「赤貧の洗い方」というエッセイを書いてほめられた。六十代後半の近況は、

①赤貧を洗っていると、なかから赤い豆が出てきて、鉢に植えて育てた。（嘘）

②末期の料理はレンコンの天ぷらときめた。位牌の前にレンコンの天ぷらを一切れ供えてほしい。（遺言）

③神楽坂「助六」で買う下駄は一万五千円であります。（自慢）

④タンスの下着の奥から百万円入りの封筒が出てきて、施設へ寄附。（妄想）

⑤四谷見附の土堤に青大将が身をくねらしていた。棒でつついて紙袋に入れて市谷の土堤の草むらに逃がしてやった。（動物愛護）

⑥パーティーで逢った女優のFさんが耳元に口をよせてハスキーな声で「あなたまだフェロモンあるわよ」と言った。（誘惑）

⑦歩きながら、プップップーッと屁を出す技術を体得した。屁の推進力を応用して歩くスピードを高める。（野坂流放屁術）

⑧小学校同窓会での話題が病気自慢からお墓整備の話になった。（実感）
⑨ＪＲ中央線で耳にイヤホーンをつけた金髪のねえちゃんと口論。（反省）
⑩鉢に植えた赤い豆から芽が出て赤い実がついた。これを赤貧豆と称して知人に配った。（嫌がらせ）

というようなもので、嘘と自慢と反省、嫌がらせが中心になった。夏の思い出は、とにかく仕事を断るという日々で、友人の病院見舞い、先輩をしのぶ会、追悼文集への寄稿、ぐらいだった。

作家の志水辰夫（通称シミタツ）氏と年末の立川競輪場で会う約束をして行き違いになった。その翌年、北海道の十勝岳温泉の古宿で、偶然会った。十勝岳温泉で最も山ふところにある山の湯で、私は文藝春秋の編集者と高橋洋子さんと三人連れ。

志水氏は東京池袋の仕事場を売り払って北海道へ移住し、奥様とふたりで温泉めぐりの日々であった。その後、北海道から京都へ移って、房総方面にいるらしい。小説『行きずりの街』は、塾の教師が行方不明の教え子を捜す小説で、ハードボイルドの恋愛小説である。私はシミタツの小説が好きで、ひさしぶりに読みかえして胸が熱くなった。

温泉宿の前に志水氏の札幌ナンバーの赤い自動車が止まっていたのを思い出した。

そのころの私は山の湯を流浪する温泉浪人であった。過ぎし日の記憶がふいに頭に突きささる。

畳の上にゴロリと寝ころんで、「七転び八起き」の謎を考えた。どのようにしたら七回転んで八回起きることができるのだろうか。

野良猫のイスズが家に入りこんでニャアと鳴くからオーヨシヨシ、とキャットフードを持ってきて与えて、また寝ころんだ。

ピンポーンとチャイムが鳴ったので玄関のドアを開けて宅配便を受けとり、寝ころんだとき「七転び八起き」の謎がとけた。

これは、最初が転んだ状態にあるのです。

立っている状態から数えるから、わからなくなる。

まず転んでいる。

ぶん投げられて転んだり、勝負に負けて転んでいる。①起きて転び、②起きて転ぶことを⑦までくりかえすと、「七起き七転び」になる。そして最後に一回起きると「七転び八起き」になる。と思いつくと、気分がすっきりして、元気よく立ちあがって、大学通りまで歩いた。

家々の屋根の上を鯉幟が泳ぎ、五月の空が青い。

「上から目線」でなにが悪い

「上から目線はよくない」と政治家がしばしば口にする。上位にいる強者が、下位にいる弱者に対して偉そうにふるまうのがよくない、と自戒するのは結構だが、上司が「上から目線」で応対すれば、「下司《げす》の勘繰り」をすればよい。おたがいさまである。

会社では命じられた業務を「上から目線だ」といって断る部下はいない。会社は上司と部下がシステムとして機能するから、これは当然のことだ。部下にしてみれば、上司が「上から目線」でなければ困る。

上司の指示です早く動くのが有能なビジネスマンである。

上司にもさらにその上司がいて、部下にもその部下がいる。新入社員は部下の第一歩ですが、いまどきの若手は背が高いので、立ち話をしても「上から目線」になる。

なんでテメーラ、そんなにでかいんだ。俺たちは敗戦直後は食うものがなく、飢えて栄養失調で背が伸びなかったんだぞ。肉なんか食えなかったのに、きみたちは肉食ってスクスク育ったんだろう。エー、オイ。膝を折りたため！　と怒っても仕方がない。人間が「上から目線」で対応する相手は猫、ウサギ、キツネ、バッタ、蟻、モグラ、ミミズぐらいのもので、猫が虎ぐらいの大きさになれば、食われてしまうだろう。猫を見るたびに「こいつはほどよい小ささだから可愛いのだ」と安心する。人間より目線が下にあるので、こちらが優位にたつ。蟻だって戦車ぐらい大きくなりゃ怖いですよ。

道を歩くときは「上から目線」で地面を見て進む。坂本九ちゃんの歌のように「上を向いて歩け」ば、けつまずいてしまう。「下を向いて歩け」ば道路のデコボコをよけられるし、道沿いに咲く野草を見て、運がよければ百円玉が落ちているかもしれない。年寄りは四ツ角に出ると一時停止して、左右からくる自動車を確認します。

世間は「上から目線」で見るものだらけである。

①サッカーの試合、②野球の試合、③ラグビーの試合、④闘牛、⑤フィギュア・スケート、⑥陸上競技、⑦競馬、⑧競輪、⑨アメリカン・フットボール、⑩水泳競技などなど。こういった競技は、観客が高いところから見るようにできている。

本の活字、ソロバン、穴掘り、靴をはくとき、飛行機から見る風景、すべて上から目線だ。

水泳は、プールの底にテレビカメラを仕込んで、ターンするシーンを中継放送し、「下から目線」が加わる。

分譲マンションは上階の部屋の値段が高い。部屋からの見晴らしがいいためで、ホテルのスウィート・ルームは上階に多い。「上から目線」で周囲の景観を見下ろす代金である。

権威の象徴であるお城も「上から目線」の建築で、とくに山城は、難攻不落に見えても「守り」の城だから、ことごとくが敗れた。

観覧車は、下から乗って少しずつ目線が高くなっていく。遠くの町が見え、目の下をスズメが飛んでいく。鳥は空高く飛んで世間を見下ろしているのだ。これを鳥瞰という。トンボも蟬も「上から目線」である。てっぺんまでいった観覧車は、降りはじめて、景色がもとに戻っていく。目線が移動することで、自分の位置が変化してくる。

登山家は山の頂上をめざし、頂上から周囲を見下ろす。とすると山登りが好きな人は「上から目線」症候群なのだろうか。いや登頂後は山を下って、麓から山を見上げる。このときは「下から目線」となる。エスカレータで、前にいる女性のスカートの下を撮影するのは「下から目線」で、やってはいけません。

首相官邸の上を飛んだドローンは「上から目線」の無人飛行機である。勝手に上空を飛んでいくのは迷惑だが、それをいえばヘリコプターや飛行船や模型飛行機も同じわけで、ドローンの「上から目線」写真は地震災害や火山噴火調査には役に立つ。桜のお花見で満開の花を下から見上げるところに妙味がある。お月見、花火大会、流れ星、空にかかる虹、凧、夕焼け、入道雲、桐の花、泰山木の花、夜明けの空、松の木。みんな「下から目線」で見る。

小学校にある体育館兼用の講堂で、入学式や卒業式の式典が開かれる。壇上で挨拶するのは、生徒への「上から目線」だと反省した校長先生が、同じ目線の床の上でやったことがある。しかし後列の生徒に校長の姿が見えないので、翌年からは壇上に戻った。壇上に立つのは、権威を見せつけているわけではない。

子どもは大人より背が低いので、ほうっておいても「下から目線」になる。

目線の位置によって世界は変わって見え、座敷に座った目線（小津映画）、布団に伏した目線（晩年の子規）、歩く目線（山頭火《さんとうか》の放浪）といろいろある。道路に座りこむと、蟻だの虫だの通行人の足が目に入る。

バスに乗って住んでいる町を見ると、見なれた場所がなんだか別の町に見えてくるのが不思議だ。バスからの目線は、ずれた風景の透き間へ迷いこむ。タクシーの席から窓ごしに見える風景も不安定で、シートへ腰をおろすと、町や空が斜めにゆがむ。

「おくのほそ道」を紀行した芭蕉は目線の変化を自在に駆使して句を得た。最上川で詠んだ「五月雨《さみだれ》をあつめて早し最上川」は船の目線である。船が進む最上川すれすれの波しぶきからの低い目線。酒田へ向かう河口近くでは「暑き日を海に入れたり最上川」で、芭蕉の目玉は天高く昇って、最上川を俯瞰している。高いところから全体を見下ろす「上から目線」である。地図は「上から目線」である。

最上川の旅で立ち寄った月山《がっさん》では「雲の峯幾《みねいく》つ崩れて月の山」。山中を歩いていくと、雲の峰が幾つも崩れて月山が見え隠れする。山歩きする足にあわせて、句が揺れている。上下する目線である。

歴史を学ぶには、全体を客観的に俯瞰する鳥の目（司馬遼太郎）と、地を這う虫の目（松本清張）の両方が必要で、「上から目線」「下から目線」だけでなく、横から見たり、斜めから見たり、時間の変化への目線も求められる。

目線はスライドする。上下左右前後と移動し、想像力は目玉をピンポン玉のように空に飛ばすことだ。だから、「上から目線」は悪いことではない。高座にいる噺家にむかって「おめえは上から目線だア」と怒ったってしょうがないでしょ。

第四章

愚図で眠くて驚いた！

人を食った話

還暦をすぎてから食欲旺盛になる人がいて、残り少なくなった人生だから、できる限り上等な料理を食べようとする。その気持ちはわからぬでもないが、美食飽食して健康長寿を得た例は皆無である。

明治の文人尾崎紅葉は三十六歳で死ぬとき、臨終の席へ門弟を集めて、「これからはまずいものを食って長命《ながいき》して一冊でも一編でも良いものを書け」と言い残した。弟子の泉鏡花は師の言葉を胸にきざみ、うまい料理を食べなかった。

極度に小食で、貧乏を食って眠るひまをおしんで小説を書いた樋口一葉は二十四歳で没した。五千円札を使うたびに「一葉二十四歳」という年齢が胸をよぎる。一葉はお金が欲しくて仕方なかった貧乏作家なのに、お金の肖像に使われた。皮肉な話である。

肖像画を紙幣に使われて仰天したのは夏目漱石も同様であろう。漱石は鰹節を削るように躰を酷使して名作を書きつづけ、四十九歳で没した。美食はともかくとしてものを食べないのもよくない。

で、長寿食とはなにか、という話になる。

秦の始皇帝は権力と富と美女をすべて手に入れ、不老不死の長寿食を東海に求めて探させた。いろいろと試してみたが四十九歳で死んでしまった。漱石と同じく四十九歳である。

秦の始皇帝が探し求めた長寿食は、精力がつき滋養に富んだ強壮食であったろう。

①四川省山中に自生するキノコ、編笠茸。

②雲南省山中のラッキョウ。

③鹿のツノ（袋づめの粉末）。

④東シナ海に棲む薬蛸。

⑤高麗ニンジン。

⑥紅焼甲魚《ホンシャオジャユイ》（スッポン料理）。

⑦南方密林ローヤルゼリー。

あたりが頭に浮かぶが、⑧謡曲「菊慈童《きくじどう》」に登場する菊の露。罪を得て深山へ流された慈童が、菊の露を飲んで七百歳まで生きたという（中国の故事）。

菊の露で七百年の長寿というのはめでたい話で、山中温泉（「おくの細道」）へ行った芭蕉は、菊慈童を思いうかべて、

やまなかや菊は手折《たお》じ湯の匂ひ

（山中温泉では、菊の花を手折るまでもない。菊の露ならぬ霊効ある湯の香りがする）

と詠んでいる。

菊の花についた露には、長寿水滴ともいうべき神秘性がある。

日本が世界一の長寿国になった原因は、水の成分がよく、気候温暖であるからだ。日本型食生活として農水省が推奨している食事も関係し、ごはん、野菜、魚を主体としたバランスのいいものである。ここ七十八年間は戦争がなかったことも長生きの一因だ。

ウクライナとロシアの戦争があり、コロナウイルスの蔓延で世情が安定しない。インフレで生活が逼迫して、地震や戦争で水源が破壊されると飲み水が汚染される。

秀吉が天下をとった時代に、四百歳の怪僧がいた。この坊主は清悦《せいえつ》といい、どこへ呼ばれても茶しか飲まなかった。

また、一休と交わりがあった僧残夢《ざんむ》も四百歳まで生き、長寿の秘訣はクコ茶を飲ん

でいたことにあるという。

茶はたしかに長寿に効くらしく、茶を飲めばがんにならないという説は現在でも根強い。ただし、なにも食わずに茶だけ飲んでいれば栄養失調で死んでしまう。宮沢賢治みたいに「一日ニ玄米四合ト味噌ト少シノ野菜ヲ食べ」て、雨にも負けず風にも負けずに生きていけばいいとする説につながるが、賢治は三十七歳で没してしまった。

伊達政宗が清悦を呼びつけて「おまえさん、まさか茶だけではないだろう」と問いつめたところ、清悦はしぶしぶと白状した。

それによると、衣川《ころもがわ》で修験者に会い、珍魚を食べさせられたという。その珍魚は山椒魚だった。山椒魚はでかいのは全長一メートルに達する両棲動物で、イモリの親分のような存在だ。皮膚にイボがあり、イボにふれると山椒の香気がする白汁が出るところからその名がある。生命力が旺盛で、肉は煮ても焼いても美味だとされるが特別天然記念物だから食ったことはない。

醜怪な姿だが、日本では地方により山椒魚を人魚と呼んでいた。中国の『山海経《さんかいきょう》』にも、人魚は四足を有して小児のような声を出すとあるから、人魚すなわち山椒魚と考えられた。

しかし、人魚といえばアンデルセンの『人魚姫』のイメージがあり、顔はグレース・ケリー、日本人なら原節子、といった感じで、グロテスクな山椒魚とはかなり違う。上半身は上品なグレース・ケリー姫で下半身が魚である。

『日本書紀』によれば推古天皇の代に人魚が近江国蒲生《がもう》の里にあらわれて、それを聞いた聖徳太子が「凶事である」と心配した。その人魚を食べ、八百歳まで長生きしたのが八百比丘尼《はつぴやくびくに》である。一説によれば人魚は、インド洋、南太平洋にいるジュゴンだといわれる。

水族館に行くと三メートルぐらいのジュゴンがいてカッコつきで人魚と記されている。昔は沖縄でも獲れたが、いまは天然記念物となり、保護されている。

ジュゴンは全体は灰色なのに腹の部分だけが白くて薄気味が悪い。どうひいきめにみても怪魚で、グレース・ケリーとはほど遠い。食べた人の話によると、淡白な味で、クジラに似ているという。乾燥させたジュゴンの肉を薄く切って湯通しして食べるらしい。

江戸時代の享保《きようほう》時代の長寿者として記録される三河出身の百姓満平は、長寿をたたえられて将軍の謁見《えつけん》を許されたが、そのとき百九十四歳であった。

満平の妻は百七十三歳、子は百五十三歳、孫百五歳で、夫婦子孫とそろっていた。

幕府の役人に「長寿のためになにを食べているか」と訊かれた満平は「三日に一度は

三里に灸をすることです」と答えた。きちんとした答えにはなってないが、「灸をすえる」とポイントをずらしたところが満平の手柄である。

人魚にしたところで架空の存在だから、実際には食べられないものを食う。たとえば時間を食う、という言い方がある。

時間には味がないから、二、三滴、醤油をかけたほうがうまい。やわらかくてねばりがあり、よく噛んで食う。「不意を食う」のは心臓がドキーンと刺激されて山椒のようなピリッとした風味。他人の縄張りを食うのは極道者の得意とする分野で、ほめられたものではないが、商売で成功した人間はみなやってます。

小言を食うのは、いい気分ではない。しかし小言を食って反省すれば、おだやかになって長生きしそう。いずれにせよ、百九十四歳というのは「人を食った」話で、誇張もはなはだしい。将軍は「一杯食わされた」。

昔はよくなかった

「昔はよかった」という人がいるけれど、なにをもってよかったのかわからない。戦地でお父さんが死に、空襲で親族が死に、家を焼かれ、敗戦後は食うものがなく路頭に迷い、おとなしい野良犬のように生きてきた。

終戦から七十年で戦後も古稀をむかえたというが、なにがコキだ、コキコキすんな。敗戦記念日を終戦記念日というのは実体を隠す都合のいい言い方だ。

一九四五年は米軍の空襲で大量の日本人が虐殺された年である。一月九日東京空襲、二月二十七日再度空襲。一月十四日名古屋空襲、一月二十五日、二月二十三日にも再度空襲。二月十九日東京市街地空襲、二月二十五日再度空襲。

三月十日は陸軍記念日にあたっていた。とりわけ風が強い日であった。九日夜十時半に空襲警報が鳴り響いてＢ29が房総半島にあらわれたが旋回してひきあげていった。深夜〇時すぎに三二四機のＢ29が東京湾から侵入して焼夷弾《しょういだん》を本所、深川、牛込、下谷、日本橋、本郷、麹町、芝、浅草へ雨アラレとぶちこむように落とした。

東京の町は猛火につつまれ、火柱の照明につつまれて逃げ迷う人々を、戦争ゲームのように無差別絨毯《じゅうたん》爆撃した。罹災者一〇〇万人、死者八万四〇〇〇人。

そういった空襲は八月六日の広島への原爆投下までつづき、五月は呉、岩国、徳山、九州、東京の残りの市街地、皇居も炎上した。五月七日、同盟国のドイツが降伏文書に署名しても、日本の軍部は戦争中止を判断できず、八月七日には豊川市が爆撃されて女子挺身隊二四〇〇人が即死した。八月九日に長崎に原爆投下。

私は東京から母の里、浜松・中野町へ疎開していた。遠州灘にいる米軍艦艇より天龍川の橋をめがけて艦砲射撃が飛んできた。畑に落ちてきた焼夷弾をじいちゃんと拾いあつめた。爆撃機が屋根すれすれに飛んで、機銃掃射のあとが蟻の巣みたいに蔵に残っていた。中野町の家は旧東海道沿いにある古い家で、負傷して血だらけになった人が荷車に乗せられて通りすぎていった。どこの昔がよかったのか。よかった昔なんてどこにもない。

「昔はよかった」という人はそういった命がけの記憶をなつかしむ。あるいは、そこらじゅうが焼け野原になって、そこにマンマルの太陽がしずみ、どうにか生きのびた日々を思い出す。

地雷をふんでふっとばされた父が九死に一生を得て復員したのはその二年後であった。東京の家はあとかたもなく消え、藤沢の三軒長屋へ引っ越して食うや食わずの生活をしているうち、腐った豆を食べて死ぬところだった。

中野町に疎開したときは芋を食べて生きのびたが、藤沢には食うものがない。アメリカの占領軍がジープに乗って走り廻り、ジープに石を投げた不良少年が手首を切りおとされる事件があった。芝の根をひっこぬいてしゃぶり、イナゴを焼いて食べ、道辺のスカンポをかじった。なにしろ日本は占領されていたんですからね。親を失った戦災孤児（路上生活児）が駅の裏道を跋扈《ばっこ》していた。小学校二年のとき、腸閉塞となり、医者より「助かる見こみはない」と診断されたが、父が「死んでもいいから手術してくれ」と嘆願して一命をとりとめた。私は苦痛のあまり「殺してくれ」と叫んだとあとで知った。

私の少年時代はみんな貧乏の極にあり、薄幸の美少女を追いかけ、進駐軍が配給したまずい脱脂粉乳のミルクを飲んで生きのびた。配給のミルクは豚の飼料だった。その後、学校を卒業すると、汗水流して働いて、三十九歳で会社をやめたのだった。

そういった自虐話をおもしろかなしく書いているうちに、またたくまに七十年がすぎた。八十五歳で隠居するつもりだといったら「あらま、まだやめないんですか」と乾物屋のおばさんにからかわれた。

「昔はよかった」

という人は、現在の生活に不満を持っているわけではなく、貧しくてもがむしゃらに生きてきたココロザシをいとおしく思うのである。老人になるとこれらの行きさきが見えてくるので、とりあえず「昔はよかった」と納得する。不良でバカで粗暴でチンチクリンで挙動不審のろくでもない過去を思い出すとなつかしくなる。

だけどそれはノスタルジアで、すんでしまったことを肯定しないと老人は生きていけない。

築四十五年、団地3DKの茶の間で、南部センベイをかじりながら古い「写真帳」を見て「昔はよかった。三丁目の夕日だよなあ」とつぶやく老人夫婦。名画座で「第三の男」を見た殺し屋が「昔の観覧車はよかったぜ」とつぶやくこともある。

老人には思い出しか残っていないので、なにを見ても「昔はよかった」のですが、だれひとりとして昔に戻れるわけではありません。かりに昔に戻れたとしても「じつはよくなかった昔」があるのです。「よくなかった昔」は思い出したくないので忘れてしまったのですよ。

漂流する本箱

学生時代、友人の下宿に行って最初に目につくのは本箱であった。学生下宿は四畳半か六畳が普通であって、どの部屋にも身のたけほどの本箱があり、そのうち三段ぶんぐらいは本があった。残りの段には文具やラジオ、ウイスキー、煙草の類が並んでいた。

本箱は精神史のショーウィンドーで、並べられている本の背文字を見ていくとそいつがいかなる人物であるかがわかった。カミュ、サルトルの本が多いやつは「実存ホーメンだな」とわかるし、サン・テグジュペリがあれば「無垢な魂の遍歴を求めているジンブツである」と理解し、『十五少年漂流記』があれば「冒険ヤローか」と予測し、ブルトン、ツァラがあれば「シュール方面だ」と用心したものであった。

それらの自己主張本は目につきやすいところにあるが、下段のウイスキーの横には「奇譚クラブ」だの「夫婦生活」といったエロ雑誌とともに、同窓会住所録、家庭医学、簡単料理集、手紙の書き方実例集などが申しわけなさそうに差し込んであった。

本箱はデモンストレーションの意味があり、心の告白である。自分の精神の位置を来訪者に誇示するタテカンであった。いまでも文学系高級温泉へ行くと、喫茶室に本箱を置いてある宿がある。古本、古雑誌が並んでいて、私が書いた原稿が三十年前の文芸誌に掲載されているのをみつけたりする。古本の選びかたがうまいので、宿の主人の趣味のよさに感心するが、なに、古本コーディネイターという職業があって、本箱に並べる古本をまるごとセットで揃えて売っている、とあとで知った。

卒業して出版社に就職してからはいろいろの作家の家へ行った。

そこで見たのはおびただしい本の洪水であり、本は本箱からはみ出して階段、床、玄関、地下書庫にまで並べられ、寝室の万年床の周辺にまでつみあげられていた。本がガン細胞のように家のすみずみに増殖して、手術では治療できないステージになっており、食い散らかした食卓の残骸にも見えた。団地ぐらしのころは一室を書庫としたが、本は暴力的に増えていく。

自分が編集した雑誌や単行本、自社の出版物、買った本、著書や友人から送られてくるサイン本で一室が占領された。それで年末に古本屋をよんで引きとって貰った。サイン本をよけて売るのだがベストセラーや評判になった新刊本はいらない、と断られた。「読まなかった本」ばかりが引きとられる。読むつもりで買った本を結局読まず、一年ちかく団地の部屋に下宿させていたことになる。

これをくりかえしていくと、本箱に残るのは身内の本ばかりとなり、ただでさえ料簡がせまい自分が、さらに料簡がせまくなる。これを克服するには深沢七郎流に本を燃やすしかない。深沢さんは送られてきた本を燃やして風呂をわかしていた。

出版社に勤めていたころは四回引っ越しをした。引っ越しは本を処分するいい機会だから、愛着ある本を残して本箱三つぶんぐらいを処分すると、それで引っ越し代金をまかなえた。一回目の引っ越しのときに売らなかった本も、二回目のときはエーイと売ってしまう。そのときはすっきりするが、何年かたってその本が必要になり、ないことに気がついてガックリと失落感を味わうことになる。

実家の隣の空き地に自宅を建てたときは、五坪の書庫と広い屋根裏部屋を作り、そこに本を収納した。蔵書を整理していくと圧倒的に多いのが各種事典と辞書であった。百科事典、歴史人物事典、国語辞典、英和辞典、歳時記、植物図鑑、音楽辞典、地名辞典、年表、地図、昭和史、古典文学大系といった資料本ばかりであることがわかった。

風俗史、教本、市史、講座、海外旅行ガイドブックや復刻資料集成も多く、わが本箱がまるごと古書店に置かれたら、これほど無味乾燥でつまらないものはないだろう。ここには精神史のショーウィンドーは見る影もない。

で、実家の二階三部屋をすべて書庫とした。近代文学専門の書庫、美術本や浮世絵などの収納書庫、それと芭蕉専門のはせを庵。はせを庵には芭蕉を中心とした俳諧専門書三百冊を収納してあり、ここに机と椅子を入れて書斎としている。

読み終わった新刊が二百冊ぐらいたまると、玄関前に並べて「どうぞお持ち帰り下さい」と書いた。近所には大学生が多いので、ほぼ一、二日で本はさばけてしまう。これは一年間つづいて好評だったが、ある朝、並べておいた本がすべて一瞬にしてなくなった。

軽自動車でやってきた業者がまるごと持ち去って古本バッタ市で売ると知ってからは、玄関前に置くのをやめた。

やっぱり、本は焼くに限るのである。出版社にいるときは取次店や書店の人に「うちの雑誌を返品するくらいなら、いっそドブに捨ててくれ」といったものだ。それくらい返品されることがつらかった。だけどいまはドブがなくなった。

ドブはいまや戦後貧乏耐久時代の抒情的遺物となってしまい、ドブ板選挙もインターネットにとってかわられる時代になりました。

秋の匂い

台風のあと、パタッと蟬が鳴かなくなった。桐の葉も木槿《むくげ》の花も柿の実も、蟬ごと吹き飛ばされた。秋の匂いがする。静けさのなかに華やぎがみちている。

空を雲が流れていく。

急ぐ雲と急がぬ雲があり、もたもたした雲を扇子であおいでやった。台風の通過を待っていたかのように萩の花が咲き、虫がリンリンと鳴きはじめた。秋がじわりと忍びよってくる。

ノルウェー北部から白海までの沿岸地帯をラップランド地方という。フィンランド、スウェーデン、ロシア北部を含む地方で、行政区分ではない。気候は冬が長く、十一月から五月まで水路が結氷する。ラップランドには、たった一日だけの秋があり、夏が終わると、樹林の葉は一日だけ黄葉して、その翌日に散ってしまう。

「一瞬の秋」を見るために観光客が集まる。古くよりトナカイ飼育を主業とするサーミ人が暮らしているが、私が行ったときはチェルノブイリ原発事故がおこった七年後だったので、放射能汚染したトナカイの肉や鮭は食べられなかった。ラップランドの秋は、天空から降りてきて、くるりと背をむけて煙のように消えてしまう。

日本の春は向こうから「やってくる」。童謡では「春よ来い、早く来い」と歌われて、みんなが春を待っているのに「秋よ来い」とは歌われない。日本の秋は音もなく耳のうしろに吹き、「旅へ行け」とささやく。

そのころの私は、一年のうち半分は国内外を旅していて、名刺の住所欄には、「旅行中のため住所不定」と印刷した。それが面白がられて、いまでも「住所不定」名刺を持ち歩いているが、七十歳をすぎると隠居する神楽坂と、執筆する国立の自宅を行ったりきたりして、旅に出るのは一年のうち五分の一となった。

若いころは一所定住が苦手で、あちこちを流浪するうち、かえって家にいることが好きになった。しかし自宅にいると「病気になったんじゃないか」と世間に不審がられて、邪険にされ、シッシッと追い払われて、隠居部屋に住んだ。

隠居部屋のすぐ前は江戸前の料理屋で、その隣はシャンパン専門クラブと居酒屋、人気のイタリア料理店から料亭がずらりと並び、下駄をはいてカラコロと散歩すれば、食事をするにはこと欠かない。そのため神楽坂にいるときは、フーテン老人で、せんだっては深夜二時に細い石畳の坂道でけつまずき、ゴロゴロゴロゴロゴローンと五回転して下駄の鼻緒がきれた。下駄が足首の身代わりになって割れて、しばし起きあがることができなかった。

昼間は一番人通りが多い兵庫横丁の細道で、老舗旅館和可菜《わかな》と料亭幸本《ゆきもと》がある石畳の道だった。酔っ払うと身のかわしかたがうまくなる。深夜はだれも人が通らないから、膝をさすりながら夜空を見上げると、星がきれいだった。

部屋へ戻って風呂につかり、縁起なおしに缶ビール、ザ・プレミアム・モルツを飲んでから、谷崎潤一郎著『犯罪小説集』（集英社文庫）の「白昼鬼語《はくちゅうきご》」を読んだ。翌朝、目がさめると、枕もとに谷崎潤一郎氏が立っていた。いつもは泉鏡花氏なのに、この日は谷崎氏まで見舞いにきてくれて有り難いことだった。

神楽坂では酒を飲んでいるだけではない。昼はいくつかの出版社の編集者がきて、知り仕事の打ちあわせをしているのである。夜は短い原稿をダダダダッと仕上げて、知りあいの芸者さんのバーに行くと、口紅に赤いネオンがあたって、ルビー色の残暑が光っている。

今年の夏はやたらと暑くて早く秋になれと願っていたのに、いざ夏が終わるとつまらない。夏がすぎてしまうと淋しくなり、別れた女への未練みたいになり、かといって別れた女なんてずっと昔の記憶なのだ。

資料の古本や地図が自宅にあるので、国立へはタクシーで中央高速を通って帰る。国立インターはほおずき色の夕焼けで、富士山が黒影となって見える。インターの下を横道へ入るとタンボがあり、稲穂の輪郭が金色に光り、赤提灯の歓楽街から、一気に田園へ戻った。稲の上をイナゴが飛んで、手でつかむとやわらかい。手のなかで身をよじったイナゴはタンボに飛び去り、くすぐったい命のぬくもりが残った。タンボの畦は足もとから暗くなる。

その日は秋の彼岸で、賢弟マコチンが、老母を車に乗せて高尾霊園へ行った。父方の祖父の墓は浅草にあり、父は次男坊（末っ子）なので先祖代々の墓へは入らず、高尾霊園の分譲墓を買った。その墓に第一号として父は眠っている。いずれ、老母も私も弟もその墓に入ることになる。

タンボの奥の甲州街道沿いに谷保天満宮がある。ここは国立の鎮守社で、小学生のときからお参りしてきた。山口瞳先生の文学碑がある。十月二十日に谷保天満宮に奉納する七十人句会があり、席亭の俳句宗匠は私がつとめる。谷保天句会は、宮司、酒屋、八百屋、植木屋、花屋、大工、電話屋、農家、造園家、雑貨店、画廊喫茶、仏師、大学教師、市長、ラーメン屋、バー、画家をはじめ、市内をカッポするおばさまなど、だれが参加してもいい素人句会で、年一回開かれる。

本殿にお参りすると、野良猫が水溜まりの水を飲んでいた。野良猫の赤い舌に残暑がにじんでいる。本殿裏の池をのぞきこむと、鯉がはねて顔が濡れた。澄んだ水が流れ、水の波紋に月影が映っている。

老母の家へ行き墓参り帰りに買ったという饅頭を食べた。その夜、枕もとに鬼がきた。秋の鬼である。片雲の風にさそわれて漂泊の思いやまず、鬼が遊びにやってきた。オー、ヨクキタナと歓迎して缶ビールを飲ませてやった。

翌朝、鬼はいなかったが枯れたヒマワリの花芯が鬼の棲み家だった。夏に大輪を咲かせたヒマワリの種が、挨拶にきたのだった。

秋の日ざしが右肩にあたって、ぽんと熱くなった。はるか昔に死んだ父が、私の肩をぽんぽーんと叩いて励ましてくれる。

ひとり暮らしのヨシ子さんは、アタマはしっかりしているが、なにぶん百歳をすぎているから、体力が衰えてきた。日暮れどきに、手押し車につかまって、ガラガラと家の周囲を散歩している。週に二回はヘルパーさんがきてくれる。

よろけながらもしっかりと生きているのは、夕暮れ散歩の成果で、私よりも運動量が多い。一日中だれとも会話をしない日がつづくと、老人はぼけてくるから、できる限り話をするようにしている。

新聞は気にいった記事だけ読み、けっこう夜ふかしして、午後十一時ごろまで起きている。そのかわり朝寝坊だ。

父の書斎兼応接間があった部屋にベッドを持ちこんで寝ている。昼食後に青みかんの袋を持っていくと、ベッドに横たわっていた。

「死んだんじゃないか」と不安になって近づいたら、すーすーと寝息をたてているので安心した。

ヨシ子さんの同級生は三人ほど生きていて、遠距離電話がかかってくる。そのうちのひとりが「わたしはあと二日で死ぬ」といったらしく「ぼけちゃったのかねえ」と不安そうにいった。別の同級生には「あと二、三日で死ぬ」といったらしい。どうして、そんなことがわかるのかね。いつも「あと二日後に……」っていうんだよ。変ですよ。いちいち「あと二日」と電話することはないのにねえ。と、ヨシ子さんがいう。

ぼくは大声で「まったくそうだア」と答える。耳が遠いので、怒鳴るように大声をあげてから「じゃ二階へ行きますよ」という。

三時間ぐらい仕事をしてから様子を見に下りていくと、台所の椅子に座ったまま、テーブルにうつぶせていた。「やはり体調が悪いのかな」と背中をさすると、むっくりと起きあがって、生協のカタログを見せ、この靴下はどれがいいかね、と意見を求められた。それは足の指が五本入る靴下でいろんな種類がある。足首にゆるくしまる靴下をさがしている。きつくしまる靴下は足首が痛くなって、あとがつくらしい。

カタログの小さな写真を見くらべ、三足で九八〇円だから、どれも安物ですよ。哲人スズム（七歳下の弟）んとこのアイちゃんは、ああいうのがいいけど、生協のカタログは安いのばかりよ。

どうせ安いんだから、これとこれ、二セット申し込んだらどうですか。ボールペンで申込用紙に商品番号を書き入れた。あとは、冷凍うどんとサツマイモと大根半分を書きこんで、勝手口の外の箱に入れておくと、数日後に届けてくれる。生協の配達品がヨシ子さんの生命線である。

勝手口の横にある柿の木の実が少し色づいてきた。台風17号で実が落ちたが、しぶとくなっている実がある。渋柿だから、家の者は食べない。子どものころ、柿の実がなっている家がうらやましかったのに、自分の家にある柿の実は食べたくないのが不思議だ。近所の人が干し柿にするといって持っていってくれる。残りは鳥が食べる。

台風17号のときに閉めた二階の雨戸を、少しだけ開けた。雨で湿った木製の雨戸は、なかなか動かない。

台風17号がきた夜は、中秋の名月の日であった。家中の雨戸を閉め、午前零時に外へ出てみると、頭上に満月が見えるじゃありませんか。風が強く雲が流れていく。台風の目が東京にあるのに、満月がこうこうと照っているのだった。

夾竹桃《きょうちくとう》の木が揺れ、月に照らされた樹影が、道路をはさんだ隣家の壁にうつっている。樹影がざーざーと音をたてて揺れている。松の枝が乱れ飛び、駐車場の自転車が倒れ、どこからか植木鉢が転がってくる暴風のなか、満月が輝いている。ぼくの影も道路にくっきりとついていた。

風が強いので、雲を吹き飛ばしてしまった。雲が動いていくのだが、月が流れるように見えた。ヨシ子さんをおこして中秋の名月を見せてあげようと思ったが、屋根の上まで吹き飛ばされそうなのでやめた。台風17号のあとも台風予報があり、雨戸は閉めっぱなしにしたままだ。ようやく秋日和になったので雨戸を少しだけ開けると、ひやりとした空気が部屋に入ってきた。二階の書斎では深夜二時ぐらいまで仕事をして年代物のソファに座ってジャズのCDを低い音で聴きながらウィスキーを飲むのが至福の時間である。中村誠一のサックスを聴きながら雨戸の外を見ると、あっと声をあげた。雨戸を開けたわずか三〇センチほどのすきまに月が見えた。楕円形の月である。雲がゆっくりと流れていく。雨戸のすきまは、たて長の短冊の形をした闇である。闇の短冊の上に、楕円の月がかかり、短冊に句を書きたくなって「名月がジャズ聴いている良夜かな」と人差し指でなぞった。

すると人差し指の影が目に入った。月が指を照らしている。うっとりとしながら、ウィスキーをおかわりした。

雲のはしが銀色ににじんでいる。目をこらすと楢《なら》の葉一枚の輪郭《りんかく》までがくっきりと見えた。陶然としてウィスキーを飲むうち、月はゆっくりと西へかたむいて厚い雲の峰にかくれた。

階段を下りると、老母が起きてきて、台所で水を飲んでいた。夕方にM子さんの息子から電話があって、M子さんが入院したそうだよ。私は見舞いに行けませんよ、浜松だからねえ、おまえは行くかい。

M子さんはヨシ子さんのいとこで九十七歳である。入院したということは、危篤という意味なのだろうか。そのへんの事情がわからないが、すでに深夜三時になっている。水を飲んでふーっと溜め息がでた。

雨漏りの家

東京のはずれにある国立へ越してきたのは小学校二年のときで、ススキがおい繁る原っぱにオンボロ住宅が建っていた。イタチやキツネが棲む武蔵野原野を造成した土地で、天井板には地下足袋のあとがついていた。

父が復員してから三年めで、それまでは藤沢の三軒長家暮らしだった。外燈がなく、夜はマックラで、暗闇から化け物が出そうで怖くなった。

梅雨になると雨漏りがした。たらいや洗面器をそこらじゅうに置くと、テンテンテンと水滴の音がして、雨の音楽会となった。

日曜日の午後、ちゃぶ台を囲んで昼飯を食べているうち、雨が強くなり、おかずの上に雨水が落ちてきた。とっさの思いつきで、傘をさしたら、父に、

「馬鹿野郎、ふざけたまねをするんじゃない」

と怒鳴られた。

オンボロ住宅は床が抜けて、ガラス戸は壊れ、すきま風が吹きこみ、倒壊寸前となり、中学校一年のときに新しい家を建てた。そのころ流行した文化住宅というもので、父の友人の建築家が設計した。

広い玄関で、その奥に父の書斎兼応接間がある。細長い納戸や台所、食堂、和室二部屋のほか風呂場があった。はじめて自宅に風呂が入った。父は自慢気に「これで雨漏りはしない」と胸を張った。嬉しかったのは、二階に私専用の個室を作ってくれたことで、建築雑誌が取材にやってきた。

机の上に教科書とノートを広げて、勉強できる子のふりをした姿が雑誌に掲載された。そのうち弟たちも「個室がほしい」といい出して、さらに二部屋を二階に増築した。

父は電気製品が好きで、書斎にステレオプレーヤーを置き、ドボルザークのレコードをかけ、文化人の顔をして聴いていた。テレビを買い、洗濯機を買い、ついでに、三兄弟呼び出しブザー装置をとりつけた。これは、一階の台所にある三つのボタンを押して、二階の各部屋にブーッブーッとブザーの音を鳴らす。

主として食事の合図で、友人から電話があったときや、朝寝して学校へ行くのが遅れそうになると鳴った。やたらと音が大きく、ブザーが鳴ると背中に電流が走った。

父は泥酔して帰ったときに「実験」と称して、ブザーを押した。子に個室を与えるとなにをしでかすか不安になり、ときどき、そうやって子を牽制した。ブザーの音に誘われて下へ行くと、べつになんの用があるわけでもなくジロリと睨みつけるだけだ。

雨の夜、友人から借りたエロ本を読んでいると、ブザーが鳴った。エロ絶頂のページだったので無視しているうち、父が部屋に入ってきた。エロ本を隠して父を睨み返すと、「なんだ、その顔は、馬鹿野郎！」といいざま、電気スタンドで頭を殴られた。電球が割れてパチパチと青白い火花が散った。

わが家は、母ヨシ子さん以外は男四人だから、ちょっとしたことで暴力ざたとなる。弟ふたりの格闘は蹴りが多く、異種格闘技大会となった。蹴り、突き、関節技と多彩だったが、どんなに暴れても母ヨシ子さんはいっさい止めなかった。

梅雨どきになると、家族全員が無口となり、父は口よりさきに手が出た。父と息子三人が入り乱れて、ドッタンバッタンと暴れているころが、わが家の絶頂期であった。

息子たちが結婚して家を出ると、二階の個室にはだれもいなくなった。

定年後に、父は多摩美術大学教授を十年間務めた。白いアゴヒゲを生やした姿は、見ためは芸術系だが、母に対しては、あいかわらずの暴君だった。

そのころ、実家の土地の隅を譲りうけて、私の家を建てた。実家の二階にある空き部屋は、古本専用図書室となり、その一室で仕事をしていた。

父が没したあと、母ヨシ子さんはひとりで暮らしているが、「雨漏りがする」という。築七十年の木造家屋は、屋根が傷み、二階の廊下沿いのガラス戸から雨が降りこみ、壁を伝って水滴が落ちてくる。

一階の和室の壁がしみだらけになった。木製の雨戸を閉めて、どうにか雨を防いだが、雨戸がつかえて動かなくなった。

屋根へ出て、雨戸をしまいこむのに三日かかった。雨戸が乾くと、少し縮んでどうにか収まるのである。

大雨が降る日は、ガラス戸の下に十二、三本のタオルを敷きつめた。タオルをぐるぐると捩って、ガラス戸の下に押しこむ。三時間ぐらいでタオルはびしょ濡れとなり、バケツを持って二階へ行き、雨を吸ったタオルを絞った。

これをくり返すしか、手の打ちようがない。そのうち、「古本の重さで二階の床が抜けるんじゃないかしら」とヨシ子さんが心配するので、少しずつ古本を別の場所に移すようにした。古本は梅雨の匂いがする。

アルミサッシの雨戸をつけて修理しようか、と母に提案すると、「いまさら、こんなアバラヤは手の入れようがない。生きてるうちはこのままでいい」という。梅雨空の下、庭さきを氏も素姓もない野良猫が歩いていく。

「お父さんが建てた家なんですから……」

母はなかば廃屋と化したアバラヤへの思い入れがあり、へたに修繕されるのはいやなのだ。縁側の籐椅子に座った母は、ぼんやりと梅雨晴れの空を見ている。

そうこうするうち、バラバラッと雨が降ってきた。雨漏り対策本部長の私は二階へ駆けのぼり、ガラス戸の錠をかけなおし、タオルをびっしりとはめこんだ。それでも雨は降りつづけ、タオルの水を絞ったが防ぎきれない。

一階の和室には父の小さな仏壇がある。天井からポタポタ雨が漏ってきた。洗面器、たらい、大皿、花瓶、ドンブリを総動員して部屋に置いた。

「なんだか昔を思い出すわねえ」

と、ヨシ子さんは懐かしみ、嬉しそうである。傘をさそうと思いついたが、仏壇の父から、「馬鹿野郎、ジタバタするな」と叱られそうで、やめた。

去年今年《こぞことし》を生きる

一年のうちで一番楽しい日が大晦日である。各月の「みそか」の最終の日で、年越しそばを食べているうちに近くの寺の鐘がゴーンと鳴って新年となる。

元日になると、旧年のことは忘れてしまうものだが旧年と新年をつなぐ、ぼんやりとした時間と風景が人間に語りかける。「去年今年《こぞことし》」は新年の季語で、虚子の代表作のひとつ「去年今年貫く棒の如きもの《こぞことしつらぬぼうごと》」が広く知られている。この句は昭和二十五年の暮れ、虚子が翌新年放送用につくったもので、鎌倉駅の構内に掲示されていた。それが川端康成の眼にふれて激賞されて、有名になった。

去年と今年の眼に見えないつながりを一本の棒の如きものと断じ、禅僧の一喝《いっかつ》を思わせる吟である。この句があまりに有名になったため、去年今年といえば、「棒の如きもの」と決ってしまったのだが、「吹く風のゆるみ心やこぞことし」（峰秀）という先人の名吟がある。年をとってくると、吹く風のゆるみ心が身にしみる。

葉牡丹《はぼたん》に旧年の雪がつもっているのを見て「葉牡丹に少し残れり去年《こぞ》の雪」（松浜）、垣根にこぼれ落ちた梅の花を見て「梅の花去年《こぞ》からこぼす垣根かな」（大魯）、いずれも心に残る風情がある。週刊誌の新年号だって旧年の十二月に発売される。新年を迎えれば、「古ぼけし新年号や去年今年」（嵐山）であって、旧年なんてすぐに忘れてしまう。書斎の机をふいて「旧年を坐りかへたる机かな」（素琴）。

会社勤めをしていたころは十二月二十九日に机の上を整理して、缶ビールを飲んでから「ではまた来年もよろしく」と挨拶した。新年に出勤したとき、その缶ビールが机の上にコローンところがっているのが、いとおしい気がした。これも去年今年の感慨である。

そのあと中華料理の龍公亭（創業明治二十二年）でカメ出し紹興酒を飲んだ。龍公亭のオーナー飯田公子さんは十二月に、神楽坂の画廊で泉鏡花装丁本展を企画した鏡花ファンである。飯田さんは若いころフランス語の通訳をしていた。神楽坂にはフランス人が経営するレストランが多いが、フランス語を話す鏡花通というところがステキです。

「牛込《うしごめ》とモンマルトルの去年今年」（公子）という句はいかがでしょうか。暮れゆく神楽坂の空にマンマルの月がのぼっている。レモン色の月にうっすらと雲がかかって、久保田万太郎の句を思い出した。「去年《こぞ》の月のこせる空のくらきかな」（万太郎）。去年今年は、今年になりながらも去年をひきずっている。

月光に山野凍れり去年今年（相馬遷子《せんし》）。

月光のなかに山野がカチーンと固まって、透明な氷の塔となって屹立している。はっとする一瞬で、奥志賀スキー場で年を越したときにこの光景を実感した。去年今年は虚実皮膜の風景を幻視する時間なんですね。

路地裏もあはれ満月去年今年（三橋鷹女）。

路地裏からのぞき見る満月に目をつけたところがさすが鷹女で、去年今年という断層を路地裏で発見した。

去年今年をテレビ番組にしたのがＮＨＫの「ゆく年くる年」である。新年に期待をふくらませながらも、去っていく旧年に思いをはせる。人間の生涯は「行く友来る友」であって、昔と別れ、新しい今を生きる。「竹林に旧年ひそむ峠かな」（鶏二）。峠の竹林は新年になってもまだ旧年の息をしてひそんでいる。そう簡単に新年にはなりたくないという意志が竹林にあって、ざわざわと音をたてる。竹林の七賢人が「風の又三郎」となる。七賢人ではなく七愚人となってぐずぐずして竹林のなかでぬる燗を飲んでいたい。年をとると、「新」とつくものに反感を持つようになった。

「去年今年ゆふべあしたと竹そよぎ」（石川桂郎）。桂郎は悠々とした性格で余裕がありますね。年をとったら、やはり、これぐらい落ちつかなければいけない。

「古ぼけし枕時計や去年今年」（大場白水郎）。白水郎は枕時計に目をつけた。いまは目覚まし時計といって、枕時計という言葉はあまり使われなくなったが、忘れられつつある言葉じたいが去年今年である。年をとると枕時計をけっこう使うんですよ。若いころは、朝寝坊をしないために使ったが、いまは朝早く目覚めてしまうので、早起き防止のために使う。目がさめてふと枕時計を見るとまだ午前五時で、もう一度眠ることにする。当然ながらベルの音はつけない。とくに大晦日の夜は「去年今年繫《つな》ぐ一睡ありしのみ」（石塚友二）。この一睡が命がけであって、闘病生活をした石田波《は》郷《きょう》は「命《いのち》継《つ》ぐ深息しては去年今年」。

「ゆく年くる年」をつなぐ一息が生命線である。はーっと大きく呼吸することが生きていく証しとなります。

もう一句、いいのがあります。加賀千代女の「若水や流るるうちに去年ことし」。これが「天」だな。

お正月とはなにか

正月が楽しみで「もういくつねると、お正月」なんて歌っていたのは小学生のころで、正月には凧あげてコマを廻して遊んでた。

従兄弟のヒロノブちゃんの家へ泊まりに行き、バドミントンで遊び、カズノコをかじっているうちにめでたく正月は終わった。正月はお年玉のかせぎどきだから、けっこういろんな人に貰い、一番たくさんくれたのは、父と仕事関係がある会社の社長さんだった。親しい身内よりも、初めて会う父の友人のほうが多額のお年玉をくれるということが判明した。

高校生になると、正月なのに受験勉強にはげむ級友がふえ、勉強嫌い組の仲間と連れだって正月映画を見にいったが、あまり楽しくなかった。正月ぐらいガツーンと休もうじゃないかガツーンと、と威勢よく声をあげたものの、気おくれして、居場所がなくなった。つまんねーの。

大学生（大きな学生）になると、年の暮れから飲んだくれて、家へ帰らず、おまえ、どこをうろついていたんだ、と父に叱られた。

父は新聞家庭欄で読んだ鶏肉団子入り新風雑煮を自分で調理したが、それまで料理なんて作ったことはないので不吉な予感がした。

あまりのまずさに賢弟マコチンは目玉を白黒させて、食べるふりをしてトイレへ駆けこみ、末弟スーちゃんは逃げ出した。私が絶句して吐き出すと「ばかやろ、この味がわからんのか」と怒って、流し台に雑煮椀をぶちまけた。

とんだ正月騒動で、正月なんて早く終わればいいと思った。盆と正月が一緒にきたら、わが家は地獄の沙汰になりそうだった。

社会人になると、お年玉を貰うのではなく、あげるほうに廻り、これも晴れがましい。町を歩けば着物姿のおねえちゃんが歩いているし、家族そろって雑煮を食べるのも幸せな気分だった。

中途退職して、ブラブラしてるときの正月はせつなかった。収入がないのに見栄をはり、やってきた子にはポンとお年玉を渡し、なにがめでたいのかわからぬまま、おめでとうという。

お年玉なくして正月はなく、正月なくしてお年玉はない。

退職仲間が集って、ペルシアの正月は三月二十一日で、古代エジプトの正月は九月二十一日だったという。暦によって正月が違うらしく、あ、そうなんだ、ひとくちに正月といったっていろいろあるわけで、正月の反対は不正月だから、不正な行為をしてもいい月、いわば悪月というのもあるはずだと話しあい、年末の立川競輪へ行って七万円儲けた。

運がついてくると、正月はふたたびめでたく感じられ、テレビ番組に出ずっぱりのころは、一日、二日、三日とテレビ局で過ごすようになった。正月に家に帰るような者はテレビ人間にあらず、といった暗黙の了解があり、ようするに忙しければそれでよかった。

私は芸人ではないのでそんな芸人魂は持ちあわせず、ふたたび出版社をたちあげ、暮れから正月にかけては、会社に造ったタタミ座敷に寝泊まりして、ドンチャン騒ぎの大宴会、スカラカチャンチャン。なにがなんだかわからない。貧乏会社でもお正月なんだから、スーパーで買った御節ですませた。

おいだれか呼べ、女子がいないとしみったれた正月になるぞ、と片っぱしから電話をかけ、愉快な美女イラストレーターにワインをふるまった。

大晦日深夜の行事は、国立在住の高校同級生佐藤牧一（シューちゃん）一家と谷保天満宮へお参りした。本殿で新年の祝詞をあげていただき、旧年の御札をかがり火で焼く。旧年の御札を焼却して、新たに始まる新年の神符をいただくのが恒例となった。新年でくぎりをつけるのは、「いまを生きる」覚悟である。旧年中に悲しいことや失敗があっても、大晦日で一度チャラにして、再生する。

それにしても、一年後に過去となるいまを生きる、ということはいささか納得がいかず、いまを否定すれば、仕事をする気力がうせてしまう。いまというのは刻一刻と流れていく瞬間で、一秒前のいまは、すでに過去であり、ようするに、いま、ってものはこの世に存在しない、という結論に達した。結論に達したのも一秒前で、すでに過去である。正月は、そういったせめぎあいが頂点に達するときで、だから妙に胸さわぎがする。

会社で働いていた友人は、定年後は「第二の人生」と称して悠々自適生活に入ることになり、定年になれば毎日が正月のようなもので五月連休も夏休みものんびりと過ごし、正月の感慨が薄くなるだろう。

「第二の人生」といったって、人生なんてものは一度きりで、二度も三度もくるものではなく、定年後は定年後の生活がつづくだけである。お正月は、一度だけの人生に、一年に一度くさびをうつ作業で、大晦日から元旦にかけて、カレンダーをはぎとるようなくさびが打ちこまれ、旧年と新年を区別する。

そのくさびを確認するのが、雑煮、おせち料理、酒、松飾り、初詣、年賀状といった小道具である。

年をとると時間がたつのが早くなり、忙しいわけでもないのに、正月になるとそわそわし、いらついて老いを実感する。「新年の抱負」なんてものは、新しいカレンダーを壁にかけたときに、すでに決まっていて、それは「今年も死なずに生きる」決意につきる。

従兄弟のヒロノブちゃんは私より一歳上の慶應ボーイで、ヨットが得意なナイスガイだった。大手会社のニューヨーク支社長をしていて帰国後、国立大学通りの高級マンションにやってきたが、半年前に他界した。親しかった人がつぎつぎと他界する。年が過ぎると親しい人との別れがくるのです。

好きなように生きれば好きなように死ぬことができる。人間の死は、生者必滅《しょうじゃひつめつ》の理のなかにある。正月の行事は、生きている人の饗宴で、お雑煮やニシンの昆布巻を食べていればいいのだよ。

愚図で眠くて驚いた

すぐ眠くなる。

なんだかんだと、一日五回ぐらい眠るようになって、そのたびに驚いた。朝飯（といっても午前十一時ごろ）を食べるとたちまち眠くなり、一時間は眠る。これがたまらなく気分がいい。

それから調べものをするため本を読むうち眠くなり、また一時間眠る。これもすこぶる気持がいい。ようやく仕事にとりかかるのは午後四時ぐらいからだが、一時間ほど机の前に坐っていると、また眠くなる。ようするにナマケモノである。年をとるとますますナマケモノの本性が出てきて、あらゆるチャンスをのがさずに眠るようになった。

私はもともと眠い人であった。

電車に乗ると眠り、新幹線で眠って下車する駅をすごしてしまうことがたびたびであった。駅のホームの椅子で眠り、映画館で眠り、劇場の席でも眠ってしまう。テレビ番組に出演して収録中でも眠ってしまう。「眠り小僧」であったのが、年をとると、いっそうその傾向が強くなった。

私が就寝するのは深夜三時ごろである。小学生のころは活発な少年だったが、世間に隠れて眠っていた。そういう生活サイクルになっていた。昔から夜ふかしのくせがあり、夜がふけるとランランと目がさえてくる。学生のころは今宵飲太郎という別名があり、眠る前はぬる湯に三十分つかってアルコール分を抜いた。七十歳をすぎてからは体力がおちたので、仕事は深夜二時でやめる。それから缶ビールを飲む。眠るときは枕もとの時計をにらみ、「七時間は眠るぞ」といいきかせる。窓はぶ厚い遮光カーテンで閉めてマックラにする。光が差しこむと目がさめてしまうからだ。深夜三時から七時間眠るので、午前10時におきることになる。

睡眠は私にとってゴハンを食べるような栄養分である。眠るために生きている。眠る快楽がなければ生きている価値がない。三十九歳のとき、「睡眠王」という肩書きをつけた。会社では眠いのを我慢して働いていたから、その反動で、一日九時間眠っていた。これでもかというぐらいガツガツと眠った。

七十歳をすぎると、カツ丼をむさぼり食うような貪欲な睡眠欲はなく、角砂糖が紅茶に崩れるように、トロトロトロトローッと眠る。そんなに眠りたいのならば永眠のほうがいいかと考えてみたが、そんなことはない。永眠すれば目がさめることはない。眠っていても、やがていつか目がさめるところがいいのである。永眠とは、生きている人が頭で考えた発想で、死者は「永遠に眠る人」ではない。死者が夢からさめて生き返ることはありません。

睡眠欲は生きている人間の特権である。人間が必然的に眠くなる現象である。七十歳をすぎると、同年代で働いている人が少なくなった。みなさんカルチャーセンターの講座に通ったり、温泉へ行ったり、庭の植木の手入れをしている。気ぜわしなく仕事をつづけている友人もいて、私は仕事をしているほうだ。世間からは「いつまでも精力的に活動している」と評されるが、なに、実態は眠っているのである。眠りながら考えごとをしているのだ、といったのは夏目漱石であったが、私もそうなのである。

失業したとき、小学校五年生の息子が「うちのお父さん」という作文を書いた。小学校の夏休みの宿題だった。クラスの生徒が提出した作文「うちのお父さん」集はガリバン印刷されて各家庭へ配られた。そのガリバン集に、息子は「うちのお父さんはいつも眠っています。一日じゅう眠っています」と書いていた。「よく観察しているなあ」と感心しつつも、漱石の言葉を思い出して、眠りながら考えごとをしているのだよ、と弁明した。

ところが七十歳をすぎると、眠いから眠るだけで、考えごとなんかしていない。そのかわりよく夢を見る。死んだ父や友人が生きていて、一緒にビールを飲んだりする。あるいは小学生の息子と多摩川沿いを散歩してザリガニをつかまえたりする夢で、得をした気分になる。

春の夢は思い出ぼろぼろ劇場。

夏の夢は臨海学校ざぶざぶ活劇編。

秋の夢は学芸会ヤジキタ道中爆笑大会。

冬の夢は落葉の焚火と焼き芋の香り。

と、いろいろあって、楽しかった日々を思い出す。なつかしの名作ドキュメント集である。短編が多いため、見るとたちまち忘れてしまう。無意識の記憶が断片的にポツンポツンと夢に出てくる。夢を見ないときもあって、それは純文学風の純夢であって、無農薬無添加の有機栽培である。

年をとると、脳も体力も劣化して、劣化することの快楽に身をゆだねる。しかし、劣化の内容を他人に話したがるのは聞かされるほうが迷惑で、わたしぼけちゃってさあ、たとえばナンタラ、カンタラ、チンタラと他人に説明してはいけない。ひたすらぼけの恍惚のなかに身をゆだねて、ムカシの夢の海を漂流する。崩れていく自分を観察することが至上の幸福である。

歩いていると、やたらとなにかにぶつかるようになった。わが家には、亡父が作った細長い八坪ほどの書庫があり、そこには古本のほか書画骨董のたぐいが収納されている。書庫の奥は小さいテーブルと椅子と電気スタンドがあって、そこで本の内容を点検するようになっているのだが、書庫へ一歩足を踏み入れると、柱にぶつかりそうになり、柱をよけるとたてかけてある梯子に頭をぶつけた。

イテテテとしゃがみこむと、椅子におでこがあたって目から紫色の火花が出た。持っていた本が足もとに落ちて、痛いのなんの。這いあがろうとすると書棚の下に置いてあった花瓶が倒れて、あわわわわ、とつかんだのは手動掃除器の柄で、ガラガラガラーンと倒れてくる。なんでこんな古い掃除器を置くのだと腹をたててもはじまらず、わずか八坪の書庫はさながら底なし沼の地獄のような様相をおび、九死に一生を得て脱出するときにドアで手をはさみ、倒れこんだ廊下にはゴミ出しする予定の古雑誌の山があって、せっかくヒモで結んだのに土砂崩れみたいに倒れて、そこへ頭を突っ込んだ。

わざと転ぶのではないが、客観的な自分の目から見ると、わざとらしく、自分がしているとが信用できない。廊下と和室の段差につまずく。ぶつかるのをよけようとすると、そのはずみで冷蔵庫に肩をぶつけ、半転してテーブルの角に腰をぶつけてしまう。台所から外に出ると柿の枝にぶつかる。よけようとして、別の枝が目の上に当ってくる。亡父は七十歳のとき、梅の小枝が目玉にささってしまった。眼鏡をかけているのに小枝は眼鏡のレンズをよけるようにしなって目を突いてきた。年をとると、思わぬところから異物が飛んでくる。

自転車に乗った若者が猛スピードで走ってくる。町内の知人は急坂を下りてきた中学生の自転車に飛ばされて頭をうち、救急病院へ運ばれて三日間意識が戻らなかった。おばさんの自転車も怖いぞ。せんだって、自転車の荷台に山のようにトイレットペーパーをつんだおばさんが走ってきて、よけようとしたらバス停の標示板に頭をぶつけてしまった。

いつも下駄をはいていて、通行人にぶつからないように用心しているのに、気持と身体があわない。駅のプラットホームで、大きな紙袋をぶらさげたおねえちゃんにぶつかった。いきなりすれちがうため、よける時間がなかった。ふり返ると、おねえちゃんは到着したばかりの電車に飛び乗った。こちらも悪いが、走ってきたおねえちゃんにも半分ぐらいの責任がある。

改札口を出ようとすると、うしろから走ってきた三十歳ぐらいの男が、私を追いこして割り込み、転びそうになった。なにぶんジジイになるとあっと驚くことばかり。危険なのは自動ドアである。年をとるとせっかちだから、すぐ出ようとする。急ぐあまり、自動ドアのガラス戸にぶつかって、ズドーンと倒れ、しばらくおきあがれない。他人に見られているので、すぐおきあがろうとするが、顔面が痛くて立ちあがれない。

うまく年をとった友人がうらやましい。仕事をやめて悠々自適に生きていく達人がいる。私は、気ぜわしなく、せっかちで、堪え性がなく、いらだちながら齢をとった。年をとったら驚くことばかりで、いくつになれば落ちつくのかわかりません。

あとがき——老母ヨシ子さんの俳句

七十八歳のとき二回入院して、生死のはざかいを過ごした。なんとか生還してから、高齢者の友人を見舞いに行くたびに「いままでいいことと、悪い思い出どちらが多かった？」と質問した。雑誌編集屋のころからアンケート癖があった。

経営者として成功した作家は「晩年は儲けたが四十代で起業したときは苦しかった」と述懐した。東京の一等地に豪邸を建てた売れっこの小説家は、貧しかった二十代を思い出して、ふとつらそうな顔になった。剣豪小説の大家は上野駅地下でルンペンをしていた時代を愉しそうに語った。

「金儲けの神様」といわれた作家は、全身の血液を入れかえて若がえる高額の手術をしたあと、上海に高層ビルを建てた。その人は私に株の手ほどきをしてくれたが、亡くなる前に『金があっても偉くない』という本を書いた。

よく一緒に取材旅行をした写真家（柳沢信）は「ちょっとだけ働いてちょっとだけ遊ぶ」ことを身上としていて、泰然と逝去された。

近所の雑貨店の主人は気のいいオヤジさんだが「格別にいい思い出もなかったし、嫌なこともなかったよ」と言って八十五歳で亡くなられた。著名な画家（赤瀬川原平）は、町の床屋で髪を切ってもらいながら「髪の毛は切っても痛くない。髪の毛は自分じゃないのだろうか」と「自分の謎」を絵に描いてみせた。

町の魚屋の主人は、自転車に乗って鯛を三枚におろして家まで届けてくれて、立ったまま茶碗酒を一杯クイーッと飲んで「じゃあ！」と言って帰った。その一年後に他界した。

という次第で、死にぎわの人といろいろ話をしたが、アンケートの結論は「いいことと悪いことは半分こ」であった。活躍して文名をあげた小説家や、巨万の富を得た実業家は「いいこともあったが、いやなことも人一倍あった。だから吉凶は半分こ」。

静かに生きてフツーに死んでいく人は「いいことはちょっとだけだが、つらいこともちょっとで半分こ」だ。名をなした人も、市井の人も亡くなるときは半分こだった。アンケートをとるほどのことではなかった。

九十九歳で亡くなった母方の祖母は「戦争があり苦労したけれど、戦後、復興してからはおじいちゃんと日本中を旅したから思い残すことはない。だけど死んだことはないから、死ぬってどんな感じなんだろうねえ」と言って、すーっと永眠しました。

一〇五歳になる老母ヨシ子さんは、近くの介護老人保険施設（老険）に入って半年になる。新型コロナ・ウイルスのため直接の面会はできないが、老険一階にある小部屋からアイパットで会話をする。ヨシ子さんは塗り絵を楽しんでいるが、三階の窓から外の景色を見て俳句を詠む。老いても俳句脳がある。介護士から、ヨシ子さんの手書きの句を渡された。薄い鉛筆文字で、

薬飲んで夢ひとすじの天の川

の句が書いてあった。

本書は、『年をとったら驚いた！』（二〇一四年四月　新講社刊）、『老いてますます明るい不良』（二〇一六年六月　新講社刊）の二冊を、文庫化にあたり再構成、加筆訂正して一冊とした。

「下り坂」繁盛記　嵐山光三郎

人の一生は、「下り坂」をどう楽しむかにかかっている。真の喜びや快感は「下り坂」にあるのだ。あちこちにガタがきても、愉快な毎日が待っている。

ごはん通　嵐山光三郎

読むだけで美味い！　日本人と米のかかわり、米の料理・食品のうまさ、味わい方を文学者のエピソードや面白薀蓄話と共につづる満腹コメエッセイ。

「世間」心得帖　嵐山光三郎

世間知らずの若き日に学んだ世間、文士の万華鏡的世間、長年の「世間」考察を元に、経験と博識とユーモアを駆使して語る巷の真実。文庫オリジナル。

オレって老人？　南伸坊

「自分が死ぬことは考えないことにしている」。戸惑いつつも「老い」を受け入れ、「笑い」に変えつつ深く考える、シンボー流「老い」の哲学エッセイ。

笑う子規　正岡子規＋天野祐吉＋南伸坊

「弘法は何と書きしぞ筆始」「猫老て鼠もとらず置火燵」。天野さんのユニークなコメント、南さんの豪快な絵を添えて贈る愉快な子規句集。（関川夏央）

超芸術トマソン　赤瀬川原平

都市にトマソンという幽霊が！　街歩きに新しい楽しみを、表現世界に新しい衝撃を与えた超芸術トマソンの全貌。新発見珍物件増補。（藤森照信）

路上観察学入門　赤瀬川原平／藤森照信／南伸坊編

マンホール、煙突、看板、貼り紙……路上から観察できる森羅万象を対象に、街の隠された表情を読みとる方法を伝授する。（とり・みき）

老人力　赤瀬川原平

20世紀末、日本中を脱力させた名著『老人力』と『老人力②』が、あわせて文庫に！　ぼけ、ヨイヨイ、もうろくに潜むパワーがここに結集する。

消えた国 追われた人々　池内紀

カントが、ホフマンが、コペルニクスが愛した国はなぜ消えたのか？　戦禍によって失われた土地の記憶を追い求める名作紀行待望の文庫化。（川本三郎）

色川武大・阿佐田哲也ベスト・エッセイ　色川武大／阿佐田哲也　大庭萱朗編

二つの名前を持つ作家のベスト。文学論、落語からタモリまでの芸能論、ジャズ、作家たちとの交流も。阿佐田哲也名の博打論も収録。（木村紅美）

あんな作家 こんな作家 どんな作家　阿川佐和子

聞き上手の著者が松本清張、吉行淳之介、田辺聖子、藤沢周平ら57人に取材した。その鮮やかな手口に思わず作家は胸の内を吐露。（清水義範）

男は語る　阿川佐和子

ある時は心臓を高鳴らせ、ある時はうろたえながら、12人の魅力あふれる作家の核心にアガワが迫る。「聞く力」の原点となる、初めてのインタビュー集。

杏のふむふむ　杏

連続テレビ小説「ごちそうさん」で国民的な女優となった杏が、それまでの人生を、人との出会いをテーマに描いたエッセイ集。（村上春樹）

キッドのもと　浅草キッド

生い立ちから凄絶な修業時代、お笑い論、家族への思いまで。孤高の漫才コンビが仰天エピソード満載で送る笑いと涙のセルフ・ルポ。（宮藤官九郎）

泥酔懺悔　朝倉かすみ、中島たい子、瀧波ユカリ、平松洋子、室井滋、中野翠、西加奈子、山崎ナオコーラ、三浦しをん、大道珠貴、角田光代、藤野可織

泥酔せずともお酒を飲めば酔っ払う。お酒の席は飲める人には楽しく、下戸には不可解。お酒を介した様々な光景を女性の書き手が綴ったエッセイ集。

鉄道エッセイコレクション　芦原伸 編

本を携えて鉄道旅に出よう！　文豪、車掌、音楽家――、生粋の鉄道好き20人が愛を込めて書いた「鉄分100％」のエッセイ／短篇アンソロジー。

遺言　石牟礼道子　志村ふくみ

未曾有の大災害の後、言葉を交わしあうことを強く望んだ作家と染織家。新しいよみがえりを祈って紡いだ次世代へのメッセージ。（志村洋子／志村昌司）

大阪 下町酒場列伝　井上理津子

夏はビールに刺身。冬は焼酎お湯割りにおでん。呑ん兵衛たちの喧騒の中に、ホッとする瞬間を求めて、歩きまわって捜した個性的な店の数々。

箸もてば　石田千

食べることは、いのちへの賛歌。日々の暮らしでめぐり会う四季の恵みと喜びを、滋味深くつづるエッセイ集。書下ろし四篇を新たに収録。（坂崎重盛）

柴田元幸ベスト・エッセイ　柴田元幸 編著

例文が異常に面白い辞書。名曲の斬新過ぎる解釈。そして工業地帯で育った日々の記憶。名翻訳家が自ら選んだ、文庫オリジナル決定版。

ぼくは散歩と雑学がすき　植草甚一

1970年、遠かったアメリカ。その風俗、映画、本、音楽から政治までをフレッシュな感性と膨大な知識、貪欲な好奇心で描き出す代表エッセイ集。

酒場めざして　大川渉

東京の街をアッチコッチ歩いた後は、酒場で一杯！繁華街の隠れた名店、場末で見つけた驚きの店などを酒場の達人が紹介。（堀内恭）

愛とまぐはひの古事記　大塚ひかり

最古の記録文学は現代人に癒しをもたらす。奔放なエロスと糞尿譚に満ちた破天荒な物語の不思議な清浄感。痛快古典エッセイ。（富野由悠季）

恋する伊勢物語　俵万智

恋愛のパターンは今も昔も変わらない。恋がいっぱいの歌物語の世界に案内する、ロマンチックでユーモラスな古典エッセイ。（武藤康史）

神保町「ガロ編集室」界隈　高野慎三

1960年代末、白土三平、つげ義春、佐々木マキ、林静一らが活躍した雑誌「ガロ」。活気ある現場や人々の姿を描く貴重な記録。巻末対談・つげ正助。

立川談志自伝　狂気ありて　立川談志

多摩川べりの少年時代、落語へのあふれる熱情、旅の思い出、大事な家族への想い、老いと向き合う姿……自ら綴った波瀾万丈な人生。（松岡慎太郎）

圏外編集者　都築響一

既存の仕組みにとらわれることなく面白いものを追い求め、数多の名著を生み出す著者による半生とともに「編集」の本質を語る一冊が待望の文庫化。

向田邦子　ベスト・エッセイ　向田邦子　向田和子編

いまも人々に読み継がれている向田邦子。その随筆の中から、家族、食、生き物、こだわりの品、旅、仕事、私……、といったテーマで選ぶ。（角田光代）

酒呑みの自己弁護　山口瞳

酒場で起こった出来事、出会った人々を通して、世態風俗の中に垣間見える人生の真実をスケッチする。イラスト＝山藤章二。（大村彦次郎）

山口瞳ベスト・エッセイ　山口瞳　小玉武編

サラリーマン処世術から飲食、幸福と死まで。――幅広い話題の中に普遍的な人間観察眼が光る山口瞳の豊饒なエッセイ世界を一冊に凝縮した決定版。

ちくま文庫

年《とし》をとったら驚《おどろ》いた！

二〇二二年十二月十日　第一刷発行

著者　嵐山光三郎（あらしやま・こうざぶろう）

発行者　喜入冬子

発行所　株式会社　筑摩書房
東京都台東区蔵前二―五―三　〒一一一―八七五五
電話番号　〇三―五六八七―二六〇一（代表）

装幀者　安野光雅

印刷所　明和印刷株式会社

製本所　株式会社積信堂

ISBN978-4-480-43849-2 C0195